Chiang-Sheng Kuo

TAIPEI PIANISSIMO

Roman traduit du chinois (Taïwan)
par Pierre-Mong Lim

Éditions Picquier

Titre original : 尋琴者

Mas de Vert
B.P. 20150
13631 Arles cedex

www.editions-picquier.com

Mise en page : Atelier Baie

Illustration de couverture : © Alfred Eisenstaedt/The LIFE Picture Collection/Shutterstock

Conception graphique : Picquier & Protière

ISBN : 978-2-8097-1641-2

1.

Au commencement, nous n'étions qu'âmes, sans corps. Quand Dieu voulut leur donner chair, les âmes refusèrent de s'incarner dans une enveloppe sujette à la mort et à la maladie, enfermée dans un espace-temps. Alors Dieu eut une idée, et demanda aux anges de jouer une musique enivrante.

Les âmes furent grisées par la musique, si bien qu'elles voulurent l'écouter plus distinctement. Mais pour cela, il leur fallait passer par le chemin de l'oreille ; la ruse divine ainsi triompha et les âmes eurent désormais un corps.

L'histoire qui suit, peut-être commença-t-elle au moment où l'oreille de Lin-san entendit Rachmaninov.

L'air de piano venait de la salle de répétition au premier étage.

Lin-san ne connaissait pas l'histoire des âmes qui, pour une paire d'oreilles, avaient renoncé à leur liberté. Mais il venait de vivre une autre perte.

Trois mois après le décès de son épouse, il avait finalement trouvé le courage d'affronter la question de l'école de musique qu'elle dirigeait jusqu'alors.

Elle s'y consacrait corps et âme et sa réputation n'était plus à faire dans le quartier. Pourquoi, à l'orée de la mort, n'avait-elle laissé aucune instruction ? Peut-être, pensa-t-il, n'avait-elle pas voulu lui faire porter ce poids. Elle savait qu'un amateur comme lui avait toutes les chances de fermer l'école, à moins qu'elle ne lui en confie expressément la charge.

Cette hypothèse soulageait un peu Lin-san qui se sentait coupable. Après tout, avant de connaître Emily, il ne faisait même pas la différence entre un violon et un alto.

Trois mois s'étaient écoulés et les cours touchaient à leur fin. Professeurs et élèves avaient été informés de la fermeture de l'école.

C'était la première fois qu'il y revenait depuis sa mort. Il avait attendu vingt et une heures passées, quand le dernier cours était terminé, pour éviter les reproches des professeurs. Même s'ils ne lui avaient rien dit, il redoutait de les voir, gênés, se dérober devant lui, il aurait trouvé cela insupportable.

Son premier mariage avait duré six ans et s'était soldé par un divorce. Ce second mariage avait été encore plus bref, à peine quatre années. Emily n'avait pas eu le temps de faire de lui un véritable mélomane. Un cancer s'était abattu sur elle sans crier gare. En six mois, elle avait été emportée.

Il avait bien vingt ans de plus qu'elle. L'idée d'être un jour un fardeau pour sa jeune épouse l'avait fait hésiter à se remarier. Il n'aurait jamais imaginé un pareil dénouement.

La porte de la salle de répétition devait être entrouverte, des notes résonnaient, suaves et claires, dans la nuit vide pleine d'échos.

Emily avait eu beau l'entraîner à de nombreux concerts, y compris ses propres récitals, il y avait peu de morceaux que Lin-san sût reconnaître d'emblée. Surpris par l'air de piano qui venait des étages, il interrompit la discussion avec la proviseure et leva involontairement les yeux dans la direction de la musique.

C'était le *Lento en ré mineur* de Rachmaninov.

La première fois qu'il l'avait entendu, c'était une version au violon interprétée par Emily.

C'était la veille de leur premier anniversaire de mariage. Il lui avait préparé un cadeau surprise : ni bijou ni sac à main mais un récital qu'il allait organiser pour elle. Ravie, elle avait voulu qu'il soit son premier public, elle avait joué pour lui tout le programme dans le salon.

Il n'avait rien pensé, rien senti de particulier, jusqu'au morceau de Rachmaninov. Les cordes avaient vibré à son oreille, et il n'avait pas su si leur incroyable tristesse venait du souvenir de la mort de sa mère. Sans trop réfléchir, il avait dit :

« Tu ne trouves pas que c'est trop triste ? »

Emily, avec beaucoup de tact, l'avait remplacé par un autre morceau. Pourtant, la mélodie s'était insinuée, imprégnée dans son esprit, substance allergène qu'il lui semblait entendre continuellement, dans le chant d'une soprano ou un air de violoncelle, dans une publicité pour voiture ou une musique de film.

Mais ce soir-là, dans ces lieux chargés du souvenir de la chère disparue, les mêmes notes au piano évoquèrent en lui, sans qu'il sache pourquoi, non pas un mal incurable, mais un vaste espace éthéré.

« Comment se fait-il que quelqu'un joue à cette heure ? » demanda-t-il à la proviseure.

Depuis l'arrivée de Lin-san, la petite femme boulotte au visage rond faisait de son mieux pour prendre une mine attristée ; profitant de ce changement de sujet, son visage se détendit et retrouva son expression naturellement joyeuse.

« Oh, c'est notre accordeur de piano.

— Ne lui a-t-on pas dit de cesser de venir ?

— Si, mais il a dit qu'avant l'enlèvement des pianos, il tenait à s'en occuper, sans rien demander. »

Lin-san ne fit pas de commentaire. Il fronça légèrement les sourcils.

(Mon Dieu, tous ces pianos, que vais-je en faire ?)

La proviseure continua : « Il se débrouille très bien mais a toujours refusé de donner des leçons. Parfois nous le laissons utiliser librement la salle de répétition.

— Quel est son salaire ?

— Mille cinq cents dollars taïwanais de l'heure. »

Quelle misère, comparé à celui de professeur ! En bon homme d'affaires, Lin-san mettait en parallèle les deux revenus.

Ne pas posséder de piano, refuser d'enseigner et préférer rester accordeur : pour Lin-san, ça n'avait aucun sens.

« Mais c'est qu'il joue bien... »

Il se fiait à son intuition, sans se soucier de la justesse de son jugement. Après tout, il disait ce qu'il voulait, il était chez lui.

« C'est ce que la professeure Chen disait aussi. »

Ici, Emily était la « professeure Chen ». Lui avait toujours été l'homme dans son ombre, l'homme qui aurait pu être son père. On l'appelait « monsieur Lin » et elle « professeure Chen », comme s'ils n'avaient pas été mariés.

Guidé par les notes de piano, il gravit lentement l'escalier.

La tonalité était différente de celles qu'il avait déjà entendues, il s'y ajoutait une douceur onirique, comme si s'éveillait le souvenir d'un passé enfui.

(Ces accords disparaîtront donc un jour de ma vie ?)

Arrivé sur le palier, il regarda à l'intérieur de la salle de répétition, la seule qui était éclairée. Par l'entrebâillement de la porte, il vit une silhouette. Un jeune homme, casquette de base-ball sur la tête, était assis au piano droit.

Lin-san reconnut tout de suite le piano, un Bösendorfer.

Emily, qui était violoniste, se mettait rarement au piano. En fin de compte, le Steinway qui était chez eux servait surtout à son accompagnatrice pendant les répétitions.

Enfant, elle avait étudié le violon et le piano et elle était diplômée dans les deux instruments. Un jour, Lin-san lui avait demandé pourquoi elle avait choisi le violon et elle lui avait donné cette raison, moitié en plaisantant : elle ne pourrait jamais espérer faire une carrière de soliste au piano, mais pourrait remplir le frigo si elle décrochait une place de violoniste dans un orchestre.

Lin-san n'avait pas cherché à en savoir plus. Il supposait qu'à l'époque elle avait voulu rester à l'étranger, où elle avait peut-être un petit ami occidental. L'année de ses trente-six ans, Emily devait très bien savoir que si elle ne se mariait pas, les occasions se feraient désormais de plus en plus rares.

Après leur mariage, il lui avait acheté un grand piano à queue Steinway. On avait déménagé à l'école de musique le vieux Bösendorfer sur lequel elle jouait depuis toujours. Ce piano neuf montrait à leurs amis en visite que, pour l'amour de sa femme, rien n'était trop cher.

Bien sûr, son porte-monnaie en souffrait un peu, après tout, Lin-san était un commerçant qui s'était fait à la force du poignet : profitant de l'essor économique des années 1970, il avait bâti un improbable empire en exportant des chaises longues en plastique. *Made in Taïwan*. Les petites et moyennes entreprises de l'époque prospéraient en vendant des appareils ménagers et de l'équipement électronique, mais aucune n'avait la stature pour exporter des voitures ou même des pianos.

Soigneusement entretenu et accordé convenablement, un piano ne vieillit pas, cinquante ans plus tard, son timbre sera toujours aussi parfait qu'à sa sortie de l'atelier, et même encore plus beau – si des mains puissantes, agiles, magiques courent sur lui.

En écoutant les notes qui s'écoulaient du Bösendorfer, limpides petites perles de verre polies, il fut soudain pris d'une irrépressible envie de rire.

La température idéale pour le Steinway à queue était de vingt degrés Celsius avec un taux d'humidité de quarante-deux pour cent. Mais au cours des six derniers mois, il s'était montré plutôt négligent dans son entretien.

Le vieux piano, pourtant en exil, avait été traité avec le plus grand soin alors qu'une couche de poussière recouvrait le Steinway, ses touches étaient désaccordées, ses cordes distendues. Au fond de son cœur, Lin-san ruminait douloureusement cette ironie et l'amertume lui laissait dans la bouche un goût de rouille.

(De nouveau seul... et l'an prochain je serai un vieil homme de soixante ans.)

Il pensa au vieux Yamaha de la maison de son enfance.

Sa sœur cadette avait été mise au piano dès le plus jeune âge ; dans le milieu de médecins de l'ancienne génération auquel appartenait son père, les filles devaient apprendre le piano pour être bonnes à marier ; dans les dots il y avait toujours un piano afin de bien montrer qu'on était des gens éduqués. Ses parents n'avaient jamais remarqué qu'elle n'était pas faite pour la musique. Elle avait échoué trois fois à l'examen d'entrée au lycée, avant d'être envoyée au Japon. Parfois il se rappelait la silhouette de sa sœur, de gros rubans noués dans les cheveux, répétant Schubert inlassablement. Pourquoi ne l'avait-on pas envoyé avec elle prendre des leçons de piano ? Conformistes dans l'éducation des garçons et des filles, ses parents visaient pour leur fils le prestigieux lycée CKHS de Taipei et le département d'ingénierie mécanique de l'Université nationale de Taïwan. Et il ne les avait pas déçus.

N'avait-il pas cherché à rattraper le temps perdu en épousant une musicienne ? Il s'était posé la question. Il savait bien que le vénérable Bösendorfer pouvait encore servir, mais il pensait qu'il devait y avoir un piano à queue dans la maison d'une musicienne, et non un piano droit. Maintenant qu'il y repensait, peut-être ne l'avait-il pas fait entièrement pour Emily, mais par une forme de vanité qu'il ne s'expliquait pas très bien lui-même…

Rachmaninov avait fait s'égarer Lin-san dans ses souvenirs pendant un court instant.

Au point d'orgue de la dernière note, les mains du musicien s'élevèrent avec la légèreté d'un nuage invisible, dessinèrent un arc dans l'air et se posèrent sur ses genoux.

Sur le seuil, Lin-san regardait en silence ce geste de fin.

Ce dut être la première fois qu'il remarqua mon existence.

Plus tard, dans le petit bar où nous allions souvent, il me confia un jour que certains instruments s'accordaient parfaitement aux corps féminins, comme la flûte traversière et la harpe.

Il préférait l'élancement gracieux d'une femme jouant du violon à la vitalité débordante d'un grand gaillard qui, la tête inclinée, paraît toujours sur le point de briser l'instrument sur son épaule. De son point de vue, il n'était pas très élégant pour une femme d'avoir les jambes écartées pour jouer du violoncelle.

Il était même d'avis que la forme du piano convenait mieux aux hommes, surtout les pianos à queue, que seuls une grande paire de mains, de larges épaules et de longs bras semblaient capables de maîtriser.

Je m'aperçus enfin qu'il y avait quelqu'un à la porte, je tournai rapidement la tête.

« Pardon… »

Ce fut notre première vraie rencontre. Je venais dans cette école de musique depuis plus d'un an et je l'avais croisé plusieurs fois par hasard, quand il déposait Emily en voiture.

Ce visage derrière le volant, avec ses cheveux argentés, me laissait toujours une impression de sévérité et de froideur. Je fus surpris de voir que, hors de sa Ferrari, debout ainsi devant moi, il me dépassait d'une bonne demi-tête. Face à cet homme qui venait de perdre sa femme, je m'efforçai de ne rien laisser transparaître d'une inexprimable compassion.

« Je vous remercie, la proviseure m'a dit que c'est vous qui vous occupez de tous ces pianos.

— Oui, j'ai repris quelques *cases* de mon ancien maître avant son départ à la retraite l'an dernier. »

Nous restâmes tous deux silencieux. Jusqu'à ce que, mon sac en toile sur épaule, je me tourne vers la sortie et lui demande :

« Et comment se porte le Steinway chez vous, monsieur Lin ? »

2.

La légende raconte qu'en 530 avant notre ère, le mathématicien grec Pythagore, passant un jour devant une forge, fut attiré par le bruit du métal qu'on frappait. Il s'aperçut que tantôt le bruit était laid et strident, tantôt étonnamment agréable et harmonieux. Il entra pour en savoir plus et découvrit que cela avait un rapport avec le poids de chaque marteau, un poids différent en s'abattant produisait un son différent.

Si le rapport entre le poids de deux marteaux était précisément de 1/2, 2/3 ou 3/4, frappés en même temps, ils produisaient une consonance plaisante à l'oreille. Ces rapports posèrent les fondements de l'accord des instruments à clavier.

L'harmonie entre deux sons résulte de la perfection d'un rapport de forces.

Lorsque les âmes eurent enfin des oreilles, par quoi furent-elles émues ?

Par les seules vibrations des molécules, comme

quand on lance une pierre dans les eaux calmes d'un lac ? Ou par une fréquence qui préexistait dans l'univers, et dont on pourrait faire l'expérience même sans un corps de chair ?

Chaque corde du piano supporte en moyenne une tension de soixante-dix kilos, ce qui veut dire que les deux cent trente cordes d'un piano supportent une tension de vingt tonnes.

Pour produire un son mélodieux, le corps de l'instrument endure en permanence la souffrance de cette gigantesque force de tension. Ce qui distingue l'accordeur du pianiste réside peut-être dans la perception différente qu'ils ont de cette réalité physique.

L'accordeur d'exception n'a pas besoin de se servir d'un appareil, il lui suffit de se fier à son oreille. Rare est ce don. Dans la gamme tempérée, les douze demitons sont distribués de façon égale sur une octave, et chaque note est plus basse d'un douzième de demiton.

Aucun piano au monde n'atteint à la justesse absolue. Et un pianiste ne peut jouer que les touches que l'accordeur lui aura données.

Je n'ai jamais possédé de piano. Au fil des années, je me suis habitué à jouer sur ceux des autres quand je les accorde.

Plus d'une fois, j'ai vu la perplexité se peindre sur le visage de mes clients en me voyant jouer de leur instrument avec une surprenante virtuosité.

Je devinais leurs pensées : par quelle déchéance en est-il arrivé à se satisfaire de rester accordeur ? Certains brûlaient de savoir le nom de mon maître.

Ce qu'ils ne comprenaient pas, c'est que devenir un accordeur d'exception n'est pas chose facile. Pour un seul accordeur, nombreux sont les grands pianistes. L'accordeur accompli est plus rare que le musicien. C'est une vérité que les profanes ignorent.

Les candidats se bousculent au portillon de la gloire musicale. Tout le monde peut monter sur scène, il suffit d'avoir les tripes. Alors que l'accordeur doit non seulement être un spécialiste du piano mais connaître tous les morceaux du répertoire pianistique sur le bout des doigts. Sans parler du fait qu'il doit avoir assimilé le style et l'interprétation propres à chaque pianiste pour chacun des morceaux.

Il faut pratiquer sans relâche pour devenir cet accordeur idéal.

Et bien entendu, devenir cet accordeur idéal restait un rêve pour moi.

Si j'avais préféré renoncer à être professeur de piano, un métier plutôt bien rémunéré, pour devenir accordeur – c'est-à-dire, aux yeux des autres, un technicien et non pas un artiste –, c'est parce que j'étais incapable d'affronter les parents d'élèves. Etre obligé de flatter et encourager leur progéniture dénuée de talent pour gagner ma croûte, c'était au-dessus de mes forces.

Pire encore, je redoutais que leur jeu maladroit ou plutôt leur pilonnage au piano endommage la sensibilité de mon oreille et cause des dégâts irréparables à mon intégrité physique et mentale.

Normalement, les techniciens de la compagnie fournissent au propriétaire d'un Steinway un service fiable et de qualité pour accorder et entretenir l'instrument. Mais Emily n'avait jamais été satisfaite du timbre de son piano.

Je n'avais plus touché au Steinway d'Emily depuis sa maladie. Tout en parlant, j'ouvris le couvercle pour examiner l'état des marteaux, et aussitôt je poussai un soupir douloureux. « Trop d'humidité… »

Les techniciens étaient sourds à ses demandes, ils ne comprenaient pas quand elle disait que la mécanique était trop bruyante, les aigus trop frêles, que les basses manquaient de cette plénitude de résonance qu'elles auraient dû avoir… Ils ne voyaient pas d'où venait le problème et ne saisissaient pas ce qu'elle entendait par « timbre velouté ».

« Nous sommes la meilleure marque de piano au monde. » C'était leur réponse pour clore la discussion, puis ils lui demandaient : « Mais vous n'aviez pas remarqué ces problèmes quand vous l'avez acheté ? »

En désespoir de cause, Emily s'était dit qu'elle pourrait peut-être s'adresser à ce nouvel accordeur récemment embauché dans son école de musique.

« Et vous avez trouvé ce qui n'allait pas ? »

Tout en me regardant ouvrir ma boîte à outils, Lin-san écoutait mes explications avec un air de doute, comme s'il avait du mal à imaginer l'impuissance, la douleur et la colère qu'avait éprouvées Emily à cause de ce piano.

« Plutôt que de parler d'accorder, il serait plus exact de dire harmoniser. »

Je continuai à expliquer pourquoi ce n'était pas suffisant d'accorder seulement sur une gamme tempérée. Il était tout aussi important d'écouter les harmoniques puisque ce sont des cordes que l'on joue sur un piano. Certaines notes, du fait de la hauteur de leurs fréquences vibratoires, peuvent entrer en conflit.

Lin-san essayait de se concentrer, mais il avait beau chercher à comprendre, tout ce jargon le dépassait. En plus, cela faisait plusieurs semaines qu'il dormait mal. Je lui trouvais un air défait que je n'avais pas remarqué la dernière fois que je l'avais rencontré à l'école de musique.

Il savait que sa femme était d'un naturel plutôt anxieux, elle s'angoissait facilement même si elle arborait toujours un doux sourire gracieux. Mais il ne l'avait jamais entendue se plaindre du piano. Il l'apprenait seulement aujourd'hui. Elle lui avait donc caché ce tourment...

Leur mariage était fini et il n'avait eu le temps de découvrir aucun de ces secrets dissimulés dans leur vie commune. Il n'avait jamais su à quel point Emily trouvait ce Steinway imparfait, à quel point lui manquaient les sonorités qu'elle recherchait.

« Mais Emi.... elle, ma femme, elle ne comprenait pas d'où venait le problème ? »

Je le vis réprimer discrètement un bâillement.

« Beaucoup de musiciens ne connaissent pas très bien leur instrument. »

La perfection recherchée par les musiciens est si abstraite, si obsessionnelle, alors que cette perfection repose uniquement sur une mécanique qui dépend de lois de la physique. C'est une réalité qu'ils négligent souvent, dis-je.

Lin-san ne posa plus de questions.

Il lui était peut-être venu à l'esprit que notre conversation ne tournait pas seulement autour du piano, mais faisait allusion à sa vie même.

En voyant son air abattu et misérable, je pouvais presque l'entendre marmonner en lui-même : « Voilà donc un inconnu qui voit ce que je n'ai cessé d'ignorer toute ma vie. Comment est-ce possible ? »

Au début de sa relation avec Emily, il fréquentait encore d'autres femmes.

L'une d'elles tenait une *izakaya* dans la rue Anhe. Un soir, peu après son divorce, il y était entré par hasard, leur relation durait depuis près de dix ans. Quand l'un des deux se sentait seul, au creux de la vague, l'autre venait à la rescousse. C'était commode. Une autre de ces femmes était chargée des relations publiques dans un grand groupe financier, elle avait ses raisons à elle pour être avec lui, il le savait très bien.

Ensuite, il y avait la décoratrice d'intérieur, une petite célébrité.

Après le décès de sa mère, Lin-san, impulsif par

nature, avait soudain décidé de retourner vivre dans la maison de son enfance, un bâtiment de plain-pied dont une moitié constituait leur résidence, et l'autre moitié faisait office de clinique. Il avait embauché la décoratrice Beatrice Hwang (ne me demandez pas pourquoi toutes ces femmes adorent les prénoms anglais) pour rénover de fond en comble la vieille demeure, laquelle était devenue une gracieuse bâtisse très rétro postmoderne. Elle avait même fait la couverture d'un magazine de décoration. Lin-san avait organisé une fête en l'honneur de Beatrice dans la nouvelle maison. Que ce fût une preuve d'amour ou non, peu importait car dès le début il lui avait clairement fait savoir qu'il ne se remarierait pas. Il n'aurait sans doute pas voulu le reconnaître, mais en se mariant avec Emily six mois à peine après l'avoir rencontrée, il avait trouvé un moyen de se débarrasser de Beatrice Hwang qu'il ne savait pas comment quitter.

Il était pareil à un musicien qui ne connaît pas toujours son instrument et projette ses sentiments sur lui, en oubliant qu'il ne s'agit que d'une machine contrôlée par une série de marteaux et de touches, dénuée de principe métaphysique.

Mais l'erreur du commun des mortels, c'est de ne pas comprendre à quel point le cœur humain est complexe, indéchiffrable, et de croire qu'il existe en ce bas monde une partition toute prête qui lui enseignera comment jouer en accord avec les autres.

Ce que n'avait jamais vraiment saisi Lin-san, c'est qu'à chacune de ses aventures amoureuses, une foule d'inconnus entraient dans sa vie, sa compagne l'entraînait dans son cercle de relations. A l'époque où il était avec Beatrice, il était toujours entouré de décorateurs et d'architectes. Après son mariage avec Emily, il avait découvert que les musiciens n'étaient pas une congrégation d'ermites, ils avaient des obligations sociales à n'en plus finir, leur vie était une succession ininterrompue de récitals et de cocktails de premières.

En réalité, il n'avait pas beaucoup d'amis à lui.

Peu de temps après son remariage, il avait été frappé par un tsunami financier et avait décidé de fermer son entreprise vieille de trente ans. Il pensait mener la vie d'un retraité aux goûts luxueux et devenir le mécène d'une violoniste à succès. Et pour finir, il s'était enlisé dans une solitude incompréhensible.

Le soir où il avait fait la connaissance d'Emily, il était avec des clients pour un dîner d'affaires dans un restaurant français étoilé. Après le repas, le patron avait organisé une dégustation, un whisky rare vieilli en cave venu d'Ecosse par avion. Un quatuor à cordes avait été convié à jouer pour eux.

Emily était la seule femme parmi les musiciens, elle portait une longue robe de soirée noire, les épaules découvertes, ses beaux cheveux étaient ramenés en un élégant chignon de princesse. L'un des clients s'était aussitôt exclamé : « Une jolie fille, invitons-la à prendre un verre ! »

Lin-san était très gêné, cette conduite lui paraissait indigne, pour qui allait-elle le prendre ? Il roulait sa bosse depuis bien des années dans le milieu des affaires, mais il n'avait jamais pu se débarrasser complètement de l'austère éducation inculquée par son médecin de père, et s'il avait imperceptiblement hérité de lui un certain machisme, il avait toujours méprisé les coureurs de jupons et dédaigné le quartier des lanternes rouges.

Il avait de quoi être sûr de lui. Un mètre quatre-vingt-trois, les sourcils fournis et le nez droit, la nature avait eu la bonté de lui laisser une chevelure bouclée et argentée, bien après la cinquantaine. Il était homme à attirer les regards où qu'il aille.

Son regard s'attarda sur la musicienne, ensorcelée par la musique, elle avait les yeux légèrement clos, à cet instant, il repensa à sa petite sœur au Japon qu'il n'avait pas vue depuis longtemps. Son père nourrissait sûrement l'espoir que sa sœur ressemble à cette femme devant lui. Malgré ses réticences, ne pouvant désobliger un client important, Lin-san se fit violence et se leva discrètement pour aller chercher le patron du restaurant. Il lui présenta la demande avec embarras : « En tout bien tout honneur, nous la trouvons si douée… » Il sentait que plus il insistait, plus il s'enferrait.

Le patron, sans doute familier de ce genre de situation, le délivra en souriant : « Cela ne se fait pas d'inviter une dame seule… Bon, monsieur le directeur Lin, faisons comme cela : je vais dresser une table à côté de la vôtre pour inviter les quatre musiciens. Désirez-vous ouvrir une bouteille de Royal Salute ou… ? »

Peu après, Emily et les trois hommes venaient trinquer avec eux. Elle croisa le regard de Lin-san, et ce fut comme si elle pressentait qu'il était de son côté, qu'il ne la mettrait pas mal à l'aise. Comme il fallait s'y attendre, le côté paternaliste de Lin-san se réveilla. Sans plus se soucier des clients, il tira la chaise voisine pour l'inviter à s'asseoir à côté de lui.

Il n'y a pas à dire, la vibration des âmes existe vraiment. Les oreilles sensibles d'Emily n'avaient pas pu ne pas l'entendre, cette musique émise par la vibration de leurs deux âmes.

Mais elle ne s'entendait pas quand elle jouait, elle ne savait pas d'où venait le problème dans le timbre du piano.

Elle crut que sous l'aile de Lin-san, elle pourrait enfin mener la vie de musicienne dont elle avait toujours rêvé. Enfant, elle était allée dans une école pour petits prodiges, plus tard elle avait obtenu un master de musique à l'étranger. Et pourtant elle devait se contenter de vacations dans des écoles de musique ou d'invitations à se joindre aux quatuors à cordes de ses collègues.

Si Lin-san avait vraiment été sensible à la musique, il aurait pu percevoir ce que je percevais.

Cette discordance du son fondamental en elle, cette dissonance interne avec la fréquence de son âme à lui.

Mon travail fini, je commençai à rassembler mes outils.

En cette fin d'après-midi, le soleil de l'arrière-saison entrait obliquement par la porte-fenêtre, il y avait dehors un vieux sterculier à la frondaison exubérante. Dans le quartier, peu de gens avaient les moyens de jouir d'une cour aussi vaste. A cause de la chaleur du rayon de soleil ou de la concentration que m'avait demandée l'accordage du piano, une fine couche de transpiration perlait sur ma peau. Machinalement, j'ôtai ma casquette pour m'éventer.

« Je croyais... »

Lin-san s'arrêta au milieu de sa phrase, l'air gêné.

« Quoi ? »

Il croyait, dit-il, que j'étais un petit gars de vingt ans, à cause de ma casquette de base-ball.

« Non, j'ai dépassé la quarantaine », répondis-je.

Ma calvitie ne trompait personne, tout le monde n'avait pas la chance de posséder à soixante ans une belle chevelure argentée. J'avais commencé à perdre mes cheveux dès la trentaine. Je devais avoir l'air minable à ses yeux. Non content d'être chauve, j'avais les oreilles décollées et le visage grêlé de cicatrices d'acné.

Je savais que, si mon physique n'avait pas été aussi imparfait, son instinct de mâle aurait certainement éveillé en lui des soupçons envers cet accordeur de piano qui était si souvent venu chez eux sans qu'il le sache.

Lin-san sortit son portefeuille. Inutile, dis-je, c'était un dernier service rendu à la « professeure Chen » pour la remercier de sa confiance. C'était tout ce que je pouvais faire.

3.

Je crois que le lecteur éprouve à présent plus d'intérêt pour Lin-san que pour moi, est-ce que je me trompe ?

Je suis lucide. Je sais pertinemment que je ne suis pas le centre de cette histoire. Sans cette once de sagesse, mon existence aurait encore moins d'importance.

Ceci dit, je découvre de nombreuses ressemblances entre mon rôle de narrateur et celui d'accordeur.

Il arrive qu'un morceau de musique ait le pouvoir immémorial de pénétrer les âmes. Ce dont tout le monde se souvient, c'est du génie débordant de son compositeur, de la virtuosité exceptionnelle de l'interprète, mais personne ne pensera au rôle joué par l'accordeur. Celui-ci, en effet, sait rester à sa place, il est habitué à se tenir derrière le rideau.

Un concert ne peut réussir sans un accordage précis et un timbre harmonieux. Une histoire, pour susciter l'intérêt, demande elle aussi un narrateur discret qui sache tailler dans la broussaille des détails inutiles, trouver la bonne focale et le bon rythme, qui n'en rajoute pas des tartines, ni n'arrange à sa guise une fin qui lui plaît.

J'ai beau avoir l'habitude de rester dans l'ombre depuis des années, je n'en sais pas moins que toute chose requiert un savoir-faire particulier. Si le musicien n'est pas satisfait de son concert, l'accordeur doit aussi en porter le blâme. De même, si une histoire ne suscite pas l'adhésion ou ne semble pas crédible au lecteur, le narrateur, me semble-t-il, en porte indéniablement la responsabilité.

C'est pourquoi l'abandon de la première personne du singulier et le rejet catégorique des commentaires et des opinions ne sont pas les marques d'un narrateur qui assume son rôle. Je crois donc juste de vous en dire un peu plus sur moi-même.

J'étais, en vérité, un prodige de la musique.

J'ai bien essayé de garder ce secret, mais je n'ai d'autre choix que de le révéler ici.

C'est un secret, non parce que j'avais résolu de le cacher, mais parce qu'au fil du temps plus personne ne s'en est soucié ni n'y a fait allusion, de sorte que moi seul aujourd'hui m'en souviens, et je n'ai pas tellement envie de l'expliquer aux autres.

Autrefois, non seulement mon génie n'était pas un secret, mais c'était un fait largement connu dans l'école où j'étais élève. Cela fait si longtemps maintenant que tout le monde a oublié.

Un jour, à la fin d'un cours de musique en deuxième année de primaire, pendant que mes petits camarades se dispersaient en chahutant, je me suis approché du piano et j'ai joué l'air que l'enseignante venait de nous faire chanter.

Elle entrait justement dans la salle pour préparer le cours suivant. Elle s'est arrêtée, stupéfaite. J'étais si jeune et de mes doigts ne coulaient pas des notes isolées, mais des accords.

Peu de temps après, on me découvrit une oreille d'une rare sensibilité ainsi qu'une capacité à mémoriser les notes bien supérieure aux enfants de mon âge.

Pour couronner le tout, j'avais des mains puissantes, naturellement plus longues et plus larges que la moyenne. Je possédais tous les atouts pour devenir un petit prodige de la musique. Sauf ma famille.

Mes parents ont ri au nez de l'enseignante venue leur rendre visite. A quoi ça pouvait bien servir de savoir jouer du piano ? A courir plus vite que les balles à la guerre ?

Mon père avait perdu un œil à la bataille de Quemoy. Après sa démobilisation, il s'était marié là-bas avec une fille du coin et l'avait emmenée dans un bidonville de Taipei aujourd'hui détruit. Il avait ouvert un restaurant de raviolis pour faire vivre sa femme et ses cinq gosses. Dans ses projets, les trois fils iraient à l'école militaire le moment venu ; quant aux deux filles, si elles en avaient les dispositions, elles étudieraient et la seule voie qui s'offrirait alors à elles serait l'école normale subventionnée par l'Etat ; sinon il les nourrirait jusqu'à leurs dix-sept ans puis il les marierait, plus de soucis.

Mon don de musicien ne remplissait aucunement mon père de fierté. Au contraire, c'était une bombe à retardement, le signe patent de la trahison de son fils indigne. Entre lui et moi il y avait toujours une tension, une sourde violence prête à éclater.

Je n'ai jamais mis les pieds dans une école de musique.

Mais j'ai croisé sur ma route des professeurs généreux, témoins de ma situation difficile, qui m'ont donné bénévolement des leçons. Aujourd'hui encore je peux imaginer les touches noires et blanches du clavier et, en me fiant aux notes dans ma tête, pianoter sur une table n'importe quelle partition. C'est facile pour moi.

Enfant, j'étais trop innocent pour prendre la mesure de cet inexplicable talent, pour moi c'était comme faire du vélo ou siffler, au début je croyais que c'était un jeu auquel tous les enfants pouvaient exceller.

A la maison, mon père ne savait pas comment s'y prendre avec son anormal de fils. Dès qu'il me voyait tapi dans un coin du restaurant en train d'agiter les doigts dans les airs tel un épileptique, il entrait en rage.

A l'école, une enseignante me donnait des leçons de piano après les cours sans demander un centime, suscitant quelques regards en coin. On devait donc payer pour apprendre le piano ? Je n'ai compris ces choses que plus tard.

Je voyais les parents traîner leurs enfants de professeur en professeur afin de les préparer à la féroce compétition des écoles de musique. Au début c'était pour moi un mystère, car je jouais uniquement pour mon plaisir personnel. Cette joie délicieuse de ne faire qu'un avec la musique, pourquoi la transformer en un jeu de massacre à coups d'examens ?

Je devins peu à peu un enfant plus calme.

A la fin de l'école primaire, la professeure de musique m'emmena à un récital de piano. L'interprète, un grand garçon de vingt ans tout juste, dont la couleur de peau et de cheveux était pareille à la mienne, avait remporté le concours international Frédéric Chopin.

Il était né à Hanoï, lui aussi dans une famille pauvre, me raconta l'enseignante. Grâce à sa rencontre avec un maître renommé, il avait pu intégrer le conservatoire de Moscou et il était devenu une célébrité en quelques années.

Ce conte de fées ne suscita aucune aspiration, aucune envie en moi. Hanoï, Moscou, tout cela flottait dans une abstraction trop grande. Une seule chose me laissa une impression très profonde : sous les doigts du garçon semblaient naître des rayons d'or irradiant de toutes parts. Pour la première fois de ma vie, je versai des larmes en écoutant jouer un pianiste.

A la fin du concert, la jeune femme m'emmena manger une glace à Fou-le au nord de l'avenue

Tun-hwa. Cet après-midi est gravé dans ma mémoire. Les longs cheveux de mademoiselle Ch'iu brillaient doucement sous le soleil, ils me faisaient penser au piano à queue noir et luisant sur la scène.

Elle me regarda manger ma glace de bon cœur. Voyant les coins de ma bouche barbouillés de mousse laiteuse, elle sortit un mouchoir pour m'essuyer. Je l'entendis marmonner pour elle-même des paroles dont je me souviens encore aujourd'hui.

« Ah là là, c'est malgré tout un enfant. »

Cette année-là, je savais déjà jouer la *Sonate au clair de lune* de Beethoven.

La glace terminée, nous traversâmes lentement la large avenue toute droite, je m'ébattais telle une libellule devant elle, quand soudain elle m'appela.

« Tu ne dois pas abandonner le piano, donne-moi ton petit doigt pour qu'on s'en fasse la promesse, d'accord ? »

Je l'ignorais mais je faisais une promesse lourde de conséquences. Son soupir plein de tendresse, je m'en rends compte maintenant, bien des années plus tard, décida de l'étape suivante de ma vie.

Elle demanda à son professeur à la faculté de musique de me prendre comme élève et le paya de sa poche. Mais elle n'avait presque pas idée de ce qu'était ma vie de cancre, moi qui n'avais la moyenne dans aucune matière à part la musique.

Pour mon malheur, j'étais devenu le souffre-douleur d'une bande de petites frappes en mal de soulager leur sauvagerie. A chaque sonnerie annonçant la fin des cours, je ne pensais qu'à trouver une cachette pour les dix prochaines minutes, dans l'espoir de ne pas me faire coincer. J'étais maigre comme un clou, le visage couvert d'acné, je ne ressemblais à rien. Ma plus grande peur, c'était qu'on découvre qu'après la classe, je filais en douce pour aller jouer du piano comme une fillette.

J'étais à bout de forces et j'avais quatorze ans à peine. Et ne parlons pas des coups de hachoir à viande en cuisine qui chaque jour emplissaient mes oreilles, du vacarme des clients quand ils passaient commande ou payaient l'addition, des mauvais tours de mes camarades bouillonnant d'hormones, des klaxons, des bruits de moteurs qui montaient par vagues de la rue… Exténué, tout ce que je désirais, c'était un coin tranquille en ce monde. Mes écouteurs dans les oreilles, j'espérais repousser cette insupportable tristesse. La repousser un peu plus loin, encore un peu plus loin, toujours plus loin…

Le professeur aux allures fringantes demandait parfois à ses élèves une contribution supplémentaire pour organiser des réceptions guindées où l'on jouait du piano dans le salon de sa maison à Yangmingshan. Les élèves qui s'en acquittaient devenaient les vedettes du jour, ils exécutaient pour les invités quelques pièces en solo.

Pourquoi les parents qui y assistaient semblaient-ils plus nerveux que leurs enfants sur le point d'entrer en scène ? Je ne l'ai compris que plus tard. Le professeur leur avait laissé entendre qu'il fallait commencer très tôt à construire un réseau de bonnes relations pour leur progéniture. L'organisation de ces réceptions était un investissement nécessaire, il y invitait à coup sûr une « personnalité importante », laquelle donnait quelques « précieux avis ».

Je n'ai pas retenu un seul de ces noms importants, je me rappelle seulement qu'ils ne tarissaient pas d'éloges à l'égard des jeunes interprètes : chacun était sûr d'être la prochaine étoile au firmament de la musique classique. Ignorant de ces usages, il n'y avait que moi pour bâiller sans vergogne devant la médiocrité de ces ternes interprétations, ou pouffer de rire quand j'entendais par hasard ces flagorneries boursouflées.

Je ne payais pas, je ne savais pas me tenir, je devins vite la brebis galeuse du groupe. Je n'osai pas raconter à mademoiselle Ch'iu ma découverte de ces coulisses ridicules.

Etait-elle autrefois passée par les mêmes rites d'initiation ? Lui avouer mon mépris pour ces gens, n'était-ce pas risquer de la railler, de la blesser ? Avait-elle, elle aussi, nourri le rêve d'une renommée internationale et de monter sur la scène du prix Chopin ?

En même temps, je me sentais soulagé d'un grand poids.

Je savais définitivement que je n'appartenais pas à ce monde-là.

4.

On entre dans une forêt, choisit un de ces arbres robustes et touffus, le fait abattre par un bûcheron, l'emmène à la scierie.

Le facteur de piano commence à dessiner la caisse de résonance et la table d'harmonie, l'ébéniste et le métallier se mettent au travail. Une corde après l'autre, une vis après l'autre, la mécanique est assemblée, le corps du piano est orné de motifs en tourbillons, puis l'accordeur apparaît, qui règle et harmonise le son.

Un piano est né.

Tout le monde ne s'accorde pas à considérer le piano comme un simple objet mécanique, certains pensent qu'au cours de ce processus complexe et délicat qui va du bûcheron au transporteur, chacun participe de l'âme que le piano va posséder. Ceux-là savent qu'un piano est différent d'une voiture ou d'une télé, car aucune voiture ou télé ne brille d'une aura mystérieuse et sacrée.

Mais, aura ou pas, chaque piano sur terre a une

sonorité différente. Et la majorité des gens l'ignorent complètement, ils continuent à croire que chaque note qu'ils entendent est juste et parfaite. Telle est la force de la civilisation.

L'humanité aussi n'est pas dénuée d'imperfections. Et pourtant nous la parons de mots abstraits, comme l'âme et le sacré, l'amour et la beauté…

Notre civilisation ne nous inculque-t-elle pas un respect profond et sans mélange pour ces choses ?

Le vieux maître accordeur qui m'avait formé comparait le rapport entre le piano, l'interprète et l'accordeur à celui qui lie un couple et un conseiller conjugal.

Quand un interprète névrosé et un piano imparfait se mettent en couple, la principale tâche de l'accordeur est de les aider à élaborer l'image du bonheur qu'ils peuvent atteindre dans leur union.

Un point important : l'accordeur n'a pas besoin d'être parfait lui-même. Il lui suffit d'avoir une paire d'oreilles, afin d'entendre la vibration émise par ces deux entités défectueuses. C'est tout.

Si vous me demandiez pourquoi j'ai étudié si dur pour devenir accordeur de piano, au lieu de consacrer mes forces à une carrière prestigieuse de pianiste, c'est sans doute la réponse que je ferais.

Lin-san dormit étonnamment bien après avoir trouvé quelqu'un pour prendre soin du Steinway. Ce matin-là, l'épuisement des semaines passées avait presque disparu.

Tout en sirotant son café, il contempla longuement le piano face à lui dans le salon. Peu à peu lui revint le rêve de la nuit passée. Emily, dans la robe de soirée découverte aux épaules qu'elle portait à leur première rencontre, jouait du violon debout à côté du piano. La scène était muette, l'expression de son visage floue, et plus il cherchait à la distinguer, plus elle se brouillait.

Dans son rêve, il déplaçait son regard et découvrait qu'au piano ne se trouvait pas la femme avec qui elle jouait depuis des années, mais le corps et le visage d'un inconnu en constante transformation. Puis Emily s'arrêtait de jouer, avec un léger sourire elle faisait les présentations, il regardait à nouveau la silhouette au piano qui était devenue celle d'un homme avec une casquette.

Lin-san se dit qu'il s'agissait d'un signe, l'école de musique ne pouvait pas finir comme ça.

Il repensa à sa conversation de la veille avec l'accordeur avant que celui-ci reparte.

« Monsieur Lin, si vous décidez de vendre le Bösendorfer de l'école, pourriez-vous me le faire savoir ?

— Vous seriez intéressé ?

— Non, je n'en ai pas les moyens. J'espère simplement... eh bien, si je sais où il atterrit, peut-être pourrai-je continuer à l'accorder. »

(Oh ! c'est singulier, une histoire d'amour avec un piano...)

Lin-san croyait comprendre ce que l'homme ressentait.

Il travaillait dans les affaires, il avait bien quelques idées en tête pour régler la question de l'école de musique. Seulement, il était incapable de prendre une décision. Le mieux aurait été que quelqu'un reprenne la main. Mais il se sentait profondément coupable à l'idée de voir le travail acharné d'Emily finir sous l'enseigne de quelqu'un d'autre. Le bail courait encore pour un an, s'il fallait fermer l'école, il n'arrivait pas à imaginer un instant quel commerce pourrait prendre sa place à cet endroit.

Mais le souhait de l'accordeur avait éveillé un écho en lui.

S'il fallait partir, il importait peu de revendre les Yamaha, mais le Bösendorfer ? C'était le témoin de toute l'existence musicienne d'Emily.

Le Steinway l'avait accompagnée pendant quatre ans à peine, tandis que ce vieux piano avait vécu à ses côtés pendant presque trente ans. Mais il ne pouvait pas prendre en charge deux pianos. Dans la vieille maison héritée de ses parents, il n'y avait pas de place pour un autre piano.

Comme il remâchait ces idées dans sa tête, Lin-san sombra dans un autre tourbillon de mélancolie.

(Alors je vais continuer tout seul ?)

Il balaya la pièce du regard, il imaginait les deux pianos encombrant cet espace. A quoi ressemblerait sa vie avec deux pianos qui empêcheraient toute entrée et toute sortie ?

Les cours étaient finis, il ne restait plus que la proviseure et le comptable venus procéder à l'inventaire et faire les comptes. Le soir venu, les salles de musique désertées tombaient dans le silence.

Il avait pris l'habitude de venir ici seul pendant la nuit. Il s'asseyait surtout devant le Bösendorfer.

Depuis que l'accordeur lui avait raconté les exigences quasi névrotiques de sa femme pour le Steinway de la maison, il éprouvait des sentiments mitigés envers ce piano.

(Mais pourquoi ne m'en a-t-elle jamais parlé ?)

Il chercha dans sa mémoire la silhouette d'Emily assise au piano, mais il ne trouva que des fragments d'elle jouant avec ses élèves, aux premiers temps de leur mariage, quand elle enseignait encore. Il ignorait ce qu'étaient devenus ces élèves, ils ne devaient pas savoir que leur professeure n'était plus de ce monde.

Peu de temps après que le Steinway avait pris la place du vieux Bösendorfer à la maison, Emily avait déclaré, contre toute attente, qu'elle ne voulait plus enseigner. Il avait bien sûr soutenu sa décision et l'avait encouragée à se concentrer sur sa carrière.

Elle s'était plongée avec exaltation dans la préparation de ses récitals. Mais il y avait très peu de critique musicale spécialisée dans les médias et ses concerts n'avaient pas eu grand écho. Quarante pour cent des billets étaient des invitations, les autres quarante pour cent étaient achetés par ses vieilles relations d'affaires. Qui étaient les vingt pour cent restants qui venaient au concert ? Il aurait été curieux de le savoir.

Etaient-ce des inconnus attirés par une affiche ? D'anciennes connaissances qui la suivaient discrètement de loin ?

Si, dans un hypothétique futur, ils s'étaient séparés et qu'il avait découvert tout à fait par hasard qu'Emily donnait un concert, aurait-il acheté en douce un billet pour y assister ?

Il était allé avec elle écouter d'innombrables concerts, de grands interprètes internationaux à d'obscurs jeunes étudiants. Dans ces cas-là, la famille et les amis remplissaient la salle, il surprenait les potins des commères autour de lui, le fils d'un tel était allé en Europe, la fille d'une telle s'était mariée, mais personne ne parlait du pianiste du jour, comme si c'était la seule façon de dissiper la gêne d'avoir été obligé de venir faire la claque.

Aux concerts de musiciens prestigieux, c'était unc autre scène de genre de Taipei : les grosses légumes venaient forcément s'y montrer en foule, comme s'il fallait assister au concert pour être en phase avec la tendance internationale, et se pavaner en compagnie du maestro. Quiconque se croyait un peu important n'aurait pour rien au monde manqué cette réunion de famille d'un autre style.

Lin-san savait qu'il n'était qu'un commerçant, et il n'était pas du genre à se mettre en avant. Il attendait l'extinction des lumières, calmement assis sur son siège, laissant Emily aller seule faire des politesses aux notables.

Il n'ignorait pas que sa connaissance du passé d'Emily avant leur mariage était très superficielle

Mais après tout, il avait vingt ans de plus qu'elle, quelle importance de savoir ou non ? Il avait beaucoup vécu, plus rien ne lui semblait bien grave, et il n'avait pas besoin de toucher du doigt la vérité pour être rassuré. Il savait que la vie repose en grande partie sur l'art de savoir se retirer. Dans le milieu où il avait grandi, prendre des leçons de musique équivalait presque à un certificat de bonne éducation. Emily, diplômée en musique d'une université américaine, était bien plus candide que les femmes qu'il fréquentait dans son ancien cercle de relations.

Les femmes autour de lui avaient toujours eu des exigences.

Emily ne faisait pas exception. Elle était un peu frivole, sinon elle n'aurait pas accepté de dîner au restaurant avec un homme de vingt ans son aîné… Mais sans équilibre entre l'offre et la demande, y aurait-il l'ombre d'une relation entre deux personnes ?

Beatrice Hwang ne manquait de rien, en vérité, sauf de l'homme qui peuplait son imagination romantique. Quant à son ex-femme, jadis brillante élève de la même faculté de langues que lui, elle s'était lancée dans une palpitante aventure commerciale en ligne aux Etats-Unis après leur séparation, et tout allait au mieux pour elle (à part leur fils couvert de tatouages qui n'avait que des grossièretés à la bouche). D'ailleurs elle n'était pas faite pour les liens du mariage, encore moins que lui. Ce n'était pas une question de féminisme ou de machisme, mais d'affinités.

Comment se faisait-il qu'Emily n'ait pas compris que, derrière la façade de ses manières autoritaires et impulsives, se cachait un homme ouvert, généreux mais seul ?

On n'a pas toujours les moyens de ses fins, et les moyens ne sont pas forcément d'ordre physique. Une personne en plus, c'est un souci en plus. Et ce souci est justement ce qui exige de grands moyens.

Pourquoi n'avait-il jamais ressenti cela auparavant ?

Il n'avait pas de regrets, mais de la culpabilité, oui.

Quand il y repensait, c'était peut-être justement parce qu'elle ne ressemblait pas aux autres femmes, si terre à terre, si prévisibles, qu'il n'avait pas su deviner son cœur et ses pensées.

Assis au piano, une pensée le tracassait : le seul à avoir véritablement connu les peines et les joies de sa femme avant son mariage, ce devait être ce Bösendorfer.

Du Schumann de son enfance au Beethoven de son adolescence, de la veille de son départ pour l'étranger à son retour au pays, de sa double spécialité à son choix du violon, de l'étudiante à l'enseignante…

La veille de devenir sa femme, avait-elle laissé un message sur les touches de ce piano ?

Abandonner l'idée d'être pianiste avait-il été douloureux pour elle ?

A l'époque où le sort de l'école de musique restait en suspens, Lin-san m'envoyait parfois un texto : *Vous voulez venir jouer du piano ? Vous êtes le bienvenu à toute heure.*

Quand je venais, il tirait toujours une chaise à côté de moi. Pourtant il ne semblait pas m'écouter en mélomane, on aurait plutôt dit que la musique était pour lui une thérapie.

Je pouvais l'imaginer tout seul, chaque jour, dans le salon en face du Steinway. A le fixer si longtemps qu'il finissait par en avoir des hallucinations. Je ne fus pas surpris quand il me révéla qu'il lui semblait parfois entendre des notes en sortir.

Il était pareil à un vieux piano, même s'il ne s'en rendait pas compte lui-même.

C'est pour cela qu'il entendait ces notes. Il ne le savait pas, mais il se projetait dans ce piano dont plus personne ne jouait.

Parfois, après avoir fermé les salles à clé, nous allions prendre un verre dans un bar où il était un habitué.

Changement de décor, l'humeur de Lin-san paraissait se détendre, sa langue se déliait peu à peu. Il disait qu'il y avait bientôt vingt ans que ce bistrot avait ouvert, il craignait que ça ne dure pas, c'est pourquoi il fallait absolument y venir souvent pour le soutenir.

« Vous veniez toujours seul ? demandai-je, en essayant de l'imaginer avec vingt ans de moins.

— Je venais de divorcer à l'époque, avec quelques amis de beuverie nous avons mené une vie dissolue pendant plusieurs années, jusqu'à ce que je fasse la connaissance d'Emily et que nous décidions de vivre ensemble. »

Les amis de beuverie dont il parlait étaient tous ses aînés, il les avait rencontrés au moment où il s'était lancé dans son entreprise et ils l'avaient beaucoup aidé. Magnat de la Bourse, directeur de banque, trafiquant d'armes, patron de médias, ils étaient de cette classe de marchands proches du pouvoir qui, quelle que soit la couleur politique du régime, tirent toujours leur épingle du jeu.

Quant à la solidité de l'amitié qui les unissait, Lin-san n'était jamais parvenu à la sonder. Au début, il avait vécu comme un immense honneur d'être invité à leurs sorties. Puis il avait découvert que toute la soirée passait en paroles sans queue ni tête, en monologues sans suite. Dès qu'il y avait un blanc, on remplissait les verres et : « Cul sec ! » Y avait-il eu une fête qui ne se soit pas déroulée ainsi ? Il était leur cadet et il n'avait d'autre choix que de rester patiemment jusqu'au bout.

A leurs yeux, le Lin-san de ces années-là était un débutant prometteur avec qui il valait la peine de s'allier, et une oreille complaisante pendant leurs beuveries. Plus important encore, il était jeune, tenait mieux l'alcool et on pouvait compter sur lui pour raccompagner chez eux cette bande de messieurs ivres qui ne marchaient plus droit.

« Emily ne les aimait pas ?

— Ce n'est pas ça... » Il réfléchit, une pensée semblait lui brûler la langue. « Les femmes ont des amies avec qui elles partagent tout, mais pas les hommes, semble-t-il. Chacun son chemin, sans état d'âme, pas vrai ? Vous avez déjà entendu un homme dire à un autre, oh ! comme tu m'as manqué ? Hahaha ! »

Je ne comprenais pas ce qu'il y avait de drôle. Vous n'avez jamais lu la *Lettre à Yuan Wei-tche* de Bo Kiu-yi ? Je retins ces paroles au bord de mes lèvres. Il est fort possible que je pris alors l'habitude de tenir ma langue devant lui.

« Pourquoi ne pas retrouver vos vieux amis pour sortir un peu ?

— C'était parfait à l'époque où nous étions au sommet de notre gloire, c'est fini maintenant. »

Il était aujourd'hui plus âgé que ses aînés de ce temps-là. Bientôt, leur lieu de réjouissances n'avait plus été une brasserie ou un bar, mais le salon privé d'un restaurant de cuisine taïwanaise. Ces vieux messieurs de quatre-vingts ans étaient toujours dans la rivalité. Il le savait parce qu'un jour, il leur avait donné rendez-vous pour leur annoncer qu'il se préparait à prendre un nouveau départ, après la coutume des sept fois sept jours de deuil pour Emily. Ils ne s'étaient pas vus depuis environ deux ans, selon l'usage chacun avait donné des nouvelles. Quand était venu le tour de Lin-san, les mots les plus simples n'avaient pu sortir de sa bouche que par bribes : Emily, cancer du pancréas. Diagnostiqué il y a six mois. Depuis qu'elle est partie, je…

Il n'avait pas pu finir.

Il croyait que les vieux le consoleraient avec quelques sages paroles, mais il n'y avait eu aucune réaction visible de leur part, comme s'il avait évoqué l'embouteillage sur la route tout à l'heure, ou un bon restaurant qui venait d'ouvrir. Ils s'étaient remis à parler tous en même temps, reprenant la conversation interrompue avec leurs voisins de table.

L'idée l'avait traversé que pour eux la mort n'était pas une nouveauté. Et peut-être ne se rappelaient-ils même pas qui était Emily. Son mariage avait été trop bref. Lesquels d'entre eux avaient assisté à la cérémonie ? Il ne s'en souvenait même pas.

Il ne savait plus ce qu'il attendait d'eux exactement. Est-ce que ce n'était pas justement pour ça qu'il avait voulu passer cette soirée avec eux ? Parce qu'ils n'abordaient jamais leurs soucis personnels et se répandaient en propos décousus ?

Le plus âgé d'entre eux, le vieux Tchao, marchand d'armes de son état, avait soudain lancé en plein milieu du repas :

« On ne connaît jamais l'heure de sa mort.

— Qui est mort ? avait demandé son voisin.

— L'ex-femme de notre petit Lin !

— Mais n'étaient-ils pas divorcés depuis longtemps ? »

En terminant son histoire, Lin-san ne put s'empêcher de rire.

Je découvrais au fil de nos conversations qu'il n'était pas l'homme rébarbatif que je croyais. J'aurais bien voulu savoir comment il était quand il était ivre ! A l'époque, il devait avoir le même âge que moi aujourd'hui.

A présent il ne pouvait plus tenir le rôle du petit jeunot du groupe. Son cœur avait sans doute plus vieilli que celui des autres. La vérité c'est que, passé un certain âge, la sagesse n'est plus égale au nombre des années. On tire une carte, et qu'on ait soixante ou quatre-vingts ans, le même mot est écrit : *vieux*.

Il fut un temps où je l'entendais souvent se lamenter ainsi.

Un jour qu'il était revenu à Taipei après un voyage d'affaires à l'étranger, il avait eu une fringale au milieu de la nuit. Il s'était dit que le bar où il allait devait être encore ouvert et que le patron servirait bien à un habitué un petit en-cas préparé en cuisine. A peine entré, il avait vu leur ami Ch'ang, que tous s'amusaient à appeler « Président », assis seul dans un coin.

Pourquoi n'avait-il pas invité les autres ? Ch'ang rit et répondit : Pour avoir la paix. Lin-san n'avait pas compris ce qu'il voulait dire, niaisement il avait insisté : Pourquoi n'es-tu pas allé au bar de la dernière fois, une petite hôtesse t'aurait tenu compagnie ? Quel ennui de boire seul !

Il s'était assis avec Ch'ang pour trinquer, mais à sa grande surprise celui-ci restait taciturne, rien à voir avec le Président qui criait toujours plus fort que tout le monde. Soudain il avait compris. Aucun de ces vieux types n'avait assez confiance dans les autres pour parler à cœur ouvert. Sa présence, comme l'allume-feu qu'on ajoute au fourneau, leur donnait envie de se vanter et de parader. Il leur fallait un jeune spectateur pour se sentir pleins d'entrain. Plus on est vieux, plus on tient à sauver la face. A l'heure où la vraie solitude fond sur vous, il n'y a plus qu'à se cacher.

« C'est un triste spectacle de voir un vieil homme boire seul », dit Lin-san. A cette époque, il venait de recouvrer sa liberté, les beaux visages fardés ne manquaient pas autour de lui, il ne pensait pas que lui aussi vieillirait.

« Vous êtes bel homme, elles sont sûrement encore nombreuses à espérer un rendez-vous ! »

C'est ce que je disais dès que je voyais son moral flancher.

« Oh, ce serait le plus mauvais moment, m'embarquer dans une histoire de femme ! »

Puis, après un grognement de dédain, il s'expliqua :

ce n'était pas parce qu'il était en deuil, ou qu'il avait peur des commérages. Non, il avait découvert avec étonnement qu'il n'en avait tout simplement plus la force. Un homme passe sa vie à essayer de plaire aux femmes, pour apprendre finalement qu'il ne les a jamais comprises.

« Et vous, jeune homme ?

— Moi quoi ? »

Chaque fois qu'il me posait une question de ce genre, j'utilisais toujours ce truc : enlever ma casquette pour montrer mon crâne chauve. « Ni physique, ni argent. Je me contente de mon sort, sinon quoi ? »

Heureusement, Lin-san ne revenait pas à la charge quand je faisais l'idiot ou que je me défilais. Il se contentait de me détailler de haut en bas d'un regard qui voulait dire : J'ai franchi plus de ponts que tu n'as traversé de rues. Puis il plissait les yeux et laissait filtrer entre ses dents comme un rire désapprobateur.

5.

Bien des fois j'ai eu du mal à me contenir. J'aurais voulu tout lui raconter en détail depuis le début. Mais je réfrénais mon trop-plein d'émotion.

Je repense à ce que disait un prix Nobel de littérature qui n'est plus de ce monde : « N'importe qui doté de savoir et d'expérience peut inventer une histoire, mais seul celui qui cherche à comprendre ce monde a vraiment quelque chose à dire. »

Quand j'y repense à présent, cela pourrait parfaitement s'appliquer à Lin-san et moi.

Tout lui raconter n'aurait en rien facilité nos rapports. Je m'étais fixé une règle simple dès le départ, et je m'y tenais : des gens tels que lui ne pouvaient comprendre ce que signifiait pour moi être accordeur de piano.

Il est certaines choses que les autres ne sont pas en mesure de comprendre, c'est tout.

Comme mon premier souvenir de ce Steinway.

Comme le Steinway d'Emily. Il n'avait aucun

problème, en réalité. C'est juste qu'elle n'était pas heureuse.

Ou comme cette occasion qui s'était présentée à moi, l'occasion de mener une vie différente. Est-ce pour cela que je n'avais jamais pu oublier cet été sous un soleil de feu, quand inexplicablement j'avais ressenti la nostalgie et l'hébétude qui nous étreignent après une chute de neige…

Peut-être que cela a un rapport avec ce qui s'est passé plus tard, ou peut-être pas. Je dois poursuivre mon histoire, sinon je n'aurai jamais la réponse.

Qui donc, caché en ce monde, joue sans relâche ces notes brisées ?

Le professeur Ch'iu ne m'a posé aucune question quand j'ai abandonné le piano, nos liens se sont juste rompus.

Lors de la première visite médicale à l'académie militaire, on m'a renvoyé chez moi parce que j'étais trop maigre. Echappant à la voie que mon père avait tracée pour moi, à seize ans je commençai une vie où je faisais des petits boulots dans la journée et étudiais le commerce dans des cours du soir.

Jusqu'à ces vacances d'été avant ma dernière année de lycée.

Je me souviens, j'étais en train de me débarrasser de mon uniforme de travail pour aller en vitesse passer mes examens, quand j'entendis la voix de mademoiselle Ch'iu au téléphone. Elle voulait me présenter à l'un de ses anciens camarades de la faculté de musique. « Comment ? Ah, bien, bien. » Pourquoi une telle rencontre ? Je n'en avais pas la moindre idée.

J'allai à ce rendez-vous rongé par le remords et la nervosité. A peine assis, je fus frappé par le spectacle qui s'offrait à mes yeux : entre mon enseignante et ce jeune prodige, régnait une intense connexion implicite.

L'admiration se lisait dans les yeux de mademoiselle Ch'iu. Le pianiste avait acquis une petite renommée internationale, puis il était rentré au pays pour répondre à l'invitation d'une université : il avait accompli tout ce dont elle avait rêvé sans pouvoir l'atteindre. Combien de filles et de garçons de la faculté de musique avaient nourri ce rêve ? Pourquoi mademoiselle Ch'iu ne s'était-elle jamais mariée ? Ils semblaient faits l'un pour l'autre.

Je ne pouvais m'empêcher de donner libre cours à mon imagination.

Une fois l'ambiance réchauffée par les politesses d'usage, mademoiselle Ch'iu entra tout de suite dans le vif du sujet : « Tu as assez gâché ton temps, n'as-tu aucune idée de ce que tu veux faire plus tard ? »

Gâcher mon temps, qu'est-ce qu'elle voulait dire ? Que je gâchais mon talent ? Que je gâchais mes chances, moi qui étais né avec une cuillère en argent dans la bouche ? C'est que j'aurais voulu répliquer. Pour dire la vérité, je n'ai jamais compris la signification de ces mots.

« S'il te plaît, réfléchis-y un peu. Même s'il ne te

reste pas beaucoup de temps, il suffit de le vouloir, je sais que tu peux le faire… »

Je me mordis la lèvre au souvenir de ce lointain après-midi où je lui avais fait cette promesse. « Pourquoi devrais-je passer l'examen d'entrée à la faculté de musique ? » Après un long moment, je m'entendis protester à voix basse.

« Parce que tu es fier. Je te connais mieux que tu te connais toi-même. En réalité, tu as attendu ce jour toute ta vie. Prouve que tu peux suivre ta propre voie et pas celle que les autres ont tracée pour toi. Que tu peux forcer les gens à se souvenir de toi. Que tu peux faire en un semestre ce qu'ils ont fait en cinq ou six ans de travail acharné… »

Pendant que mademoiselle me pressait de ses arguments, j'avais remarqué ce regard à côté d'elle, pensivement arrêté sur mes mains depuis le début.

Elle me laissa seul avec le pianiste.

Il me demanda de jouer quelque chose de mon choix et je jouai le *Lento en ré mineur* de Rachmaninov. Il voulut savoir pourquoi j'avais choisi ce morceau. Je le regardai en haussant les épaules, sans savoir d'où me venait cette brusque bouffée de colère : « Parce qu'il l'a écrit pour une soprano et que je pense que c'est une erreur !

A ma grande surprise, ma réponse le fit sourire. Dans son regard enserré par la monture dorée de ses lunettes, il y avait une franchise que je n'avais pas vue depuis longtemps, une candeur qui n'avait rien perdu de sa jeunesse.

« Quand tu joues ce morceau, à quoi penses-tu ?

— A la neige, dis-je.

— Bon. Mais est-ce que tu as déjà vu de la vraie neige ?

— Non.

— Alors pourquoi la neige ? »

Je me souviens d'avoir d'abord baissé la tête sans oser le regarder dans les yeux, puis, sans raison, le bout de mon nez se mit à me piquer. D'où venait-elle, cette sensation de marcher sous de gros flocons de neige virevoltant, alors que je n'avais jamais eu la chance de voir la vraie neige ?

« Je n'ai pas de mots pour le décrire. Ou alors ce n'est pas de la neige, dis-je, ce sont juste des choses qui volettent indistinctement autour de moi. »

Il resta songeur un moment.

« Ce quelque chose que tu n'arrives pas à décrire, dit-il, c'est le temps. La musique nous fait entendre le temps. Elle nous fait entendre notre ombre. »

Surpris, je relevai la tête et découvris qu'il me fixait de toute son attention.

Je savais que j'avais d'extraordinaires dispositions, mais jusque-là personne ne m'avait encore dit que la musique se trouvait, non dans le piano, mais dans mon ombre.

Ce fut lui qui me l'apprit. Il me dit aussi que chacun de nous abritait en lui une résonance innée, certains la recherchent dans la musique, d'autres dans le chant, les plus chanceux trouvent dans ce vaste et trivial monde la vibration capable d'entrer en résonance avec le passé, le présent et le futur.

Peut-être est-ce ce qu'on appelle l'amour. Ou la confiance. Plutôt que de dire que nous écoutons jouer du piano, mieux vaudrait dire que nous écoutons le temps qui s'enfuit. Chaque note née en cet instant-là ne pourra jamais plus se répéter.

« Même le plus seul, le plus pauvre des hommes, l'agonisant au seuil de la mort, peut être touché par la musique de Debussy ou de Bach, parce que c'est notre origine et notre destination commune », dit-il.

Oui, je me souviens encore des paroles qu'il m'a dites, ce jour-là.

Plus tard dans ma vie, je n'ai jamais cessé de me poser la question : qu'avait-il vu en moi, ce pianiste venu de New York ? Dès le premier instant, il avait dû voir que ce petit génie imbu de lui-même, capricieux et mou ne deviendrait jamais un grand musicien.

Il n'était pas comme mademoiselle Ch'iu qui espérait encore quelque chose de moi, mais savait-elle vraiment ce qu'elle espérait ? Je me le demande. Peut-être refusait-elle simplement de reconnaître qu'elle s'était trompée ?

L'été de cette année-là, le pianiste résidait dans sa maison d'enfance à Taipei.

Ce n'était pas une villa dans le parc de Yangmingshan, ni un splendide gratte-ciel avec ascenseur dans un *art district* branché. C'était une ancienne petite maison à l'occidentale nichée au fond d'une ruelle jadis pleine de bars animés. Avec ses murs écaillés, elle n'avait rien à voir avec le logement réservé pour lui, le concertiste de retour de l'étranger.

Le pianiste avait dit que c'était parce qu'il était incapable de jouer sur un piano inconnu.

Au milieu de cet environnement singulier, la maison vieillotte et sombre abritait un magnifique Steinway. Chaque fois que je me rappelle ce spectacle inattendu, je ressens une fantastique impression d'étrangeté.

« Ce piano est le cadeau le plus précieux que mon père m'ait fait. Je ne lui ai pas coûté un centime quand je suis parti étudier à l'étranger, j'ai vécu entièrement sur ma bourse », me raconta-t-il.

« Tu sais ce que j'aimais le plus dans cette vieille maison ? Quand j'étais petit, la vie nocturne battait son plein dans le quartier, je pouvais m'exercer au piano sans craindre de déranger les voisins, parce qu'ils étaient encore plus bruyants que moi ! »

Peut-être notre rencontre avec certaines personnes est-elle prédestinée.

Les éditions originales des vinyles de musique classique étaient alors un luxe rare à Taipei, aux temps de la pauvreté.

Mademoiselle Ch'iu se réjouissait de voir que j'avais suivi son avis et prenais des leçons auprès du pianiste. Ce qu'elle ne savait pas, c'est que nous passions le plus clair du temps à écouter sa collection de disques, qui était pour moi un véritable trésor.

Nous vivions dans une société fermée où les informations ne nous parvenaient pas.

Rachmaninov était mort depuis presque un demi-siècle et les grands interprètes connus des étudiants taïwanais s'arrêtaient à Rubinstein ou Horowitz. C'était l'époque de la guerre froide, les pianistes soviétiques avaient longtemps été empêchés de voyager à l'étranger par leur gouvernement, et même quand ils commencèrent à être acclamés par les milieux musicaux en Occident, chez nous, grâce à la lutte anticommuniste, ils restèrent tabous.

Il me suffit d'entendre Sviatoslav Richter pour que sa musique me transporte aussitôt à l'été de cette année-là et que je me rappelle la première fois où le pianiste m'a fait écouter un enregistrement d'un de ses concerts.

La *Sonate pour piano en sol majeur D.894* de Schubert, lente et introvertie sous les doigts de Richter, était en tout point différente des autres versions. Dans mes souvenirs, l'atmosphère semblait s'être infusée de ce sentiment de solitude propre aux froides terres du nord.

« Dans sa jeunesse, Richter n'a pas reçu d'éducation musicale traditionnelle, jusqu'à ce que, à l'âge de vingt ans, le directeur du Conservatoire de Moscou, Heinrich Neuhaus, découvre son talent et le prenne exceptionnellement comme élève. »

J'écoutais sagement les explications du pianiste.

« En 1949 il a reçu le prix Staline, alors on l'a enfin laissé se produire à l'étranger. Au début, ce n'était possible qu'en Chine et dans quelques pays d'Europe de l'Est. Ce n'est qu'en 1960 qu'il a donné son premier concert aux Etats-Unis, il a aussitôt conquis le monde de la musique occidentale. »

« Mais il n'aimait pas du tout l'Amérique, il n'aimait pas non plus faire de tournée internationale. Il préférait rester dans son pays, il prenait le Transsibérien, quand il voyait en chemin une jolie petite ville, il descendait de voiture et donnait un mini-concert sur place. Il se refusait également à enregistrer en studio, donc ce que nous entendons, ce sont la plupart du temps des captations de concerts. »

« Ecoute comme il rend sensibles les silences dans le court intervalle des notes. »

« Les parties silencieuses sont aussi jouées, souviens-t'en. »

« L'intense ferveur, bien des pianistes sont capables de l'atteindre. Mais il n'y a que lui pour exprimer aussi parfaitement la légèreté et le silence dans les notes de piano. »

Quand, des années plus tard, j'ai commencé à donner des leçons de piano à domicile, suivant l'exemple éclairé du pianiste, j'écoutais mes CD préférés avec mes élèves. Mais mon unique récompense était en général un fort mécontentement des parents, qui trouvaient que je tirais au flanc et que je ne faisais pas assez travailler leurs enfants pour qu'ils atteignent le niveau espéré. Certains me renvoyaient sans hésitation. Je me retrouvai ainsi dans une situation délicate : enseigner le piano était le moyen le plus simple de survivre pour un étudiant en faculté de musique, et voilà que je me révélais inapte à ce travail.

Je n'ai jamais été doué pour la pédagogie.

Comment aurais-je pu concevoir les difficultés de l'étudiant normal, moi qui, en six mois de travail assidu, avais surpassé ceux qui s'escrimaient pendant cinq ou six ans avant de réussir à entrer à la faculté ?

Parfois le pianiste se souvenait de la tâche que lui avait confiée mademoiselle Ch'iu, surtout quand il terminait sa session mensuelle d'évaluation des étudiants, il devenait soudain sévère avec moi, mais ce bref sursaut ne durait jamais plus d'une semaine.

« Même si tu ne veux pas passer l'examen d'entrée à la faculté de musique, il faut que tu goûtes au moins une fois dans ta vie le plaisir de jouer sur un bon piano ! » Il me donna même une raison à laquelle il me fut difficile de résister. « J'ai invité tout spécialement un spécialiste d'Autriche à venir à Taïwan accorder le piano pour moi ! »

Il y avait des années qu'il collaborait avec cet accordeur, lui seul comprenait ce dont le pianiste avait besoin. Avant chaque concert, le choix du piano le plongeait dans la détresse, il fallait faire venir l'accordeur sur scène pour qu'il s'apaise enfin.

Je garde intact le souvenir de mon émotion à jouer pour la première fois de ma vie sur un piano aussi précieux, un Steinway accordé par un professionnel de renommée internationale. Ma surprise ravie et ma gaucherie d'alors me donnent encore envie de rire parfois.

« Il m'est très difficile de décrire le timbre que je perçois à l'oreille, disait-il. Il n'y a que cette fréquence, cette présence vibratoire qui peuvent me transporter dans un territoire merveilleux où je me sens en sécurité, mais aussi un peu triste. »

Je dis que je comprenais ce genre de sentiment.

Une fois, je croisai par hasard la mère du pianiste venue lui rendre visite. La fleur de l'âge était passée pour cette femme de près de soixante ans lourdement fardée, sa permanente auburn déferlait en vagues, et bien qu'elle m'eût proposé aimablement une part de gâteau pour la collation, derrière l'affabilité de son sourire transparaissaient la supériorité et le snobisme d'une longue pratique des mondanités.

« Où habite notre jeune ami ? Qui était ton ancien professeur ? Tu comptes partir à l'étranger ? »

Mes réponses à cette cascade de questions lui firent perdre rapidement tout intérêt pour moi. Elle jeta subrepticement un regard de reproche à son fils, comme pour lui dire : Où es-tu allé pêcher ce rebut ? Je regardais piteusement le gâteau à moitié mangé dans mon assiette, prostré sur ma chaise, jusqu'à ce que son fils la presse de repartir.

Un pianiste de renommée internationale, une mère dont on comprend au premier coup d'œil qu'elle vient du demi-monde, les médias poubelles d'aujourd'hui en feraient certainement leurs choux gras, donnant le pianiste pour le fils illégitime d'un membre du gouvernement.

Au début, j'avais cru que lui et moi avions les mêmes stigmates du génie, mais il avait fini par m'avouer qu'il travaillait durement depuis l'enfance pour que sa mère soit fière de lui.

Les prétendus prodiges, disait-il, connaissent simplement une croissance plus rapide des réseaux neuronaux, passé un certain âge, cela revient lentement à la normale. Cette terreur de voir soudain disparaître son don, elle avait détruit bien des pianistes de sa génération, il en avait trop vu à l'étranger.

« Mais jamais je n'ai voulu devenir pianiste, avais-je répliqué.

— Et c'est bien pour ça que je t'ai laissé venir jouer chez moi ! »

Il avait l'art de me laisser sans voix.

Au début, je ne comprenais pas son angoisse.

A trente-quatre ans, il était encore assez jeune pour plaisanter de façon puérile avec le garçon de dix-sept ans que j'étais. Mais l'étoile montante d'il y a dix ans n'avait pas percé, n'avait pas atteint le niveau supérieur, et entamait déjà son déclin.

Il n'avait pas joué avec l'orchestre philharmonique

de Berlin ou sous la direction de Zubin Metha. Il n'avait pas signé de contrat avec une maison de production pour un million de dollars. Les invitations à se produire provenaient de plus en plus de festivals de musique pleins d'effervescence mais de peu de poids.

Il avait trop longtemps vagabondé à l'étranger. Il n'y avait personne dans sa vie, à part son agent et le public. S'il avait accepté de revenir au pays prendre un poste pour un semestre, c'est parce qu'une grave dépression exigeait de lui du repos. Mais cela, je ne l'ai su que plus tard.

Alors, si j'ai eu l'occasion de partager avec lui son Steinway… peut-être n'était-ce pas du tout parce que mon époustouflant génie l'avait ébloui.

Peut-être avait-il seulement besoin de compagnie pour se sentir mieux.

Pouvait-il ignorer que mademoiselle Ch'iu était amoureuse de lui ? S'il avait accepté de me prendre comme élève, peut-être était-ce pour s'excuser auprès d'elle, une façon de la dédommager en retour.

Plutôt que de devoir affronter l'inconnu seul sur scène à chaque concert, il me semblait que je serais plus heureux en étant la personne la plus fiable, la plus digne de confiance derrière le rideau.

Ni un accompagnateur, ni un tourneur de pages, mais un accordeur aux côtés du pianiste.

Je n'ai compris que bien plus tard que ces années

de non-dits et de silences étaient en réalité le calme avant la tempête de cette fin de siècle.

Un jour où je venais pour ma leçon, je n'avais pas encore pénétré dans le salon quand j'entendis une musique très forte qui s'en échappait. Je reconnus tout de suite les *Variations Goldberg* de Bach.

« Il est trop fort le type qui joue, qui c'est ? »

Je me souviens que j'exprimai mon admiration avec joie, pensant qu'il expérimentait un nouveau test pour moi. J'étais sur le point de faire étalage de mes talents de connaisseur lorsque le pianiste répliqua froidement et sans enthousiasme depuis son canapé : « Tu dis ? »

Je pris la pochette du disque en faisant semblant de lire la notice, je n'osais plus dire un mot. Ignorant comme je l'étais à l'époque, je ne savais pas que ce monstre sacré, mort à cinquante ans, un Canadien du nom de Glenn Gould, avait provoqué depuis des années déjà une onde de choc qui avait bouleversé les cercles musicaux occidentaux. Ce que le pianiste écoutait ce jour-là, c'était cette œuvre extraordinaire qui avait médusé le monde de la musique classique dès que Gould l'avait incarnée.

Doué d'une technique exceptionnelle, il avait refusé de se produire en public après être devenu célèbre. Ce génie soutenait que la musique enregistrée en studio était bien meilleure que celle jouée en concert. Il préférait enregistrer vingt fois le même morceau jusqu'à ce qu'il soit satisfait, et même, il ne rejetait pas les améliorations au mixage.

Il condamnait le prix élevé des billets de concert, un luxe réservé aux classes supérieures. Il privilégiait l'enregistrement sur disque car il permettait au plus grand nombre d'écouter sa musique à un prix abordable.

Du jamais vu, sur la bande-son on l'entendait en bruit de fond qui fredonnait la mélodie tout en jouant.

Il restait de longues heures devant la télévision, ne répondait jamais au téléphone, mais il appelait tout le temps ses amis pour leur parler sans fin de ses soucis de santé.

Plus de trente ans après sa mort, l'excentricité de Gould continue d'être évoquée avec passion, les livres sur lui ne tarissent pas, s'écartant même du sujet de la musique pour évoquer la structure du temps, les recherches sur le monde virtuel, l'architecture des salles de concert, l'organisation des concerts, le fonctionnement des médias, la bureaucratie et les mouvements du capital... la gamme des thématiques est d'une prodigieuse variété. Il reste aujourd'hui encore un personnage dont les amoureux de la musique continuent à débattre inlassablement.

Avec le recul, une de ses prédictions au moins s'est avérée juste : les moyens traditionnels de réception et d'appréciation de la musique se sont radicalement transformés.

A l'époque où le téléchargement numérique de la musique était encore de la science-fiction, d'un côté de la balance il y avait Richter, qui s'en tenait fermement au concert en public et rejetait catégoriquement l'enregistrement en studio ; de l'autre, il y avait Gould, pour qui l'important c'était la musique, et non qu'un morceau soit joué de bout en bout dans un espace-temps donné.

Poussé par je ne sais quel esprit de contradiction, j'engageai une discussion avec le pianiste.

« Ne m'as-tu pas raconté que, lors de son premier concert à Vienne, juste avant d'entrer en scène Richter avait été informé brutalement par son beau-père du décès de sa mère ? Et qu'il s'était retrouvé sous le feu des critiques après avoir joué bien en deçà de son niveau : le mythe était brisé, la légende n'existait plus, et ainsi de suite. Pourquoi l'humilier à ce point ? Les musiciens sont des êtres humains, ils ont des sentiments, pourquoi n'auraient-ils pas le droit de faillir ?

— Les musiciens ne vivent pas pour la critique musicale ! Ces soi-disant critiques, ce n'est qu'une bande de pervers malfaisants qui n'ont jamais pu devenir les musiciens qu'ils rêvaient d'être ! Ils se font passer pour des spécialistes, ils font beaucoup de bruit pour rien, mais tout ce qui les intéresse, en fin de compte, c'est de toucher leur salaire, ils n'ont ni rêves, ni esprit créatif, et ils plastronnent en se rengorgeant de leur titre de critique musical. Ils pourraient mourir, tous autant qu'ils sont, que la musique n'en serait pas affectée une seconde, voilà la vérité ! »

Je ne l'avais jamais vu aussi hors de lui. Il n'était pas difficile d'imaginer toute la pression qui pesait sur ses épaules depuis tant d'années. Il s'interrompit, se leva et marcha jusqu'au tourne-disque. Je me taisais, dans la pièce il n'y avait plus que la musique de Gould, belle, précise, où le génie éclate à chaque note.

Lorsque le disque arriva à la fin, il reprit la parole.

« C'est vrai, à l'instant d'entrer en scène, on est dans une situation qu'on ne maîtrise pas complètement. En fin de compte, un musicien ne peut que se concentrer sur l'échange qui a lieu entre lui et le piano. Mais n'est-ce pas la même chose dans la vie ? On doit franchir le pas, vaincre ses démons intérieurs. »

Il continua à parler des dernières années de Richter dont la vue était devenue mauvaise, l'éclat puissant des feux de la scène le gênait, il préférait les éteindre, seule une petite lampe était laissée sur le piano. Que le public soit fait de paysans ou de riches et de puissants, il jouait, assis seul dans le noir.

« Et il avait choisi depuis longtemps la musique qui l'accompagnerait à sa mort : la sonate pour piano de Schubert. Devenir ou non un pianiste de concert, après tout, cela n'a pas vraiment d'importance. L'important, au bout du chemin de la vie, c'est de partir en paix et sans regrets. »

Qui aurait cru que le pianiste quitterait finalement ce monde avant le triste et solitaire Richter ? A dix-sept ans, je ne savais rien de la mort.

A l'époque, je m'intéressais plutôt à Schubert, ce type malchanceux.

Un petit bonhomme rondouillard d'un mètre cinquante et des poussières, laid, le cheveu clairsemé, dépressif, qui toute sa vie avait enduré la détresse et la pauvreté, n'avait jamais eu de succès auprès des femmes – et n'avait gagné que la syphilis dans les rares rapports qu'il avait eus avec elles.

Ce Schubert, on a du mal à imaginer les malheurs qui jalonnèrent son existence, les abysses intérieurs où il erra comme une âme en peine. Mort prématurément à trente ans, comparé à Chopin ou Liszt, il fut non seulement un génie méconnu, mais il ne connut pas non plus leurs riches histoires d'amour, leurs passions romantiques.

Heureusement, il lui restait la musique. Au cours de sa vie il composa neuf symphonies, vingt et une sonates pour piano, d'innombrables lieder et pièces pour musique de chambre.

Etait-ce suffisant d'avoir la musique ? Ou a-t-il laissé toutes ces œuvres, non par soif d'une gloire éternelle, mais à cause de ce vide, de cette intarissable soif d'amour ?

Et si cette soif d'amour l'avait quitté ?

A ce point de mes pensées, je tournai la tête pour jeter un coup d'œil à la photo de Gould sur la pochette du disque. Maigre, chauve, voûté, les oreilles décollées, il jouait dans une position inattendue, les jambes croisées. Puis je me surpris moi-même à dire :

« Si ça se trouve, il n'a pas vraiment arrêté les

concerts, plutôt rompu avec une forme d'attente. Comme une façon de se sevrer d'une addiction : décider de ne plus jouer en public, c'était opérer une rupture entre lui et une chose qu'il adorait ! Tu penses que c'est une possibilité ? »

J'avais jeté ces mots à l'improviste mais je n'oublierai jamais l'expression de surprise et de douleur dans les yeux du pianiste quand il les entendit.

Des mots proférés au hasard devenus prophétie. Ce n'est qu'avec le temps que j'ai pris la mesure du combat qu'il livrait, ainsi que du fléau que lui et ceux de sa génération durent affronter, en cette fin de siècle.

Je n'ai jamais parlé de la mort du pianiste avec mademoiselle Ch'iu. J'ai seulement appris qu'au début des années 1990, il avait contracté une « maladie bizarre ». Par la suite, nous avons toujours soigneusement évité d'aborder son souvenir douloureux.

En 1997, la nouvelle de la mort de Richter provoqua en moi une confusion de sentiments difficile à décrire. J'avais l'impression que ce n'était pas seulement Richter qui était parti, c'était comme si l'auréole qui entourait la musique classique s'était éteinte en même temps que le dernier grand interprète du vingtième siècle. Tout était devenu plus commercial, les musiciens jouaient la musique à la mode, les vinyles avaient disparu, même les cassettes audio avaient été remplacées par les CD.

Rien de plus facile que de trouver des CD de

Richter si on le désirait. Mais je ne possédais que des cassettes audio du pianiste. Elles se détérioraient au fil du temps et il m'était impossible de les remplacer. Quelques années après sa mort, il était déjà réduit au silence dans le monde de la musique numérique.

Je revins exprès pour revoir la maison natale du pianiste, mais toutes les vétustes demeures de la rue étaient démolies depuis longtemps. Seul flottait encore dans mon esprit ce piano splendide au milieu de la vieille maison.

Même avant qu'il termine son engagement et retourne à New York, je pressentais déjà qu'il ne reviendrait plus. Mais j'avais cru naïvement que son piano attendrait toujours à la même place, cette idée me suffisait. Je ne savais pas que tout, absolument tout, de cette année-là disparaîtrait comme neige au soleil, sans laisser de traces.

Où ce piano était-il parti ?

Le narrateur que je suis doit-il en raconter plus sur lui-même ?

Je veux dire, à part le fait que j'étais un prodige en musique ?

6.

Après avoir achevé cette magnifique *Première Arabesque* de Debussy, les mains du musicien restèrent suspendues trois secondes dans les airs, couple de cygnes glissant doucement à la surface d'un lac, puis atteignirent la berge.

Un quart de siècle plus tard, le jeune garçon eut enfin l'occasion de s'asseoir une nouvelle fois à un Steinway, d'entendre sous ses doigts murmurer rêveusement les touches. Cet adolescent d'il y a vingt-cinq ans se refléta un instant dans l'acajou laqué de noir du piano, puis s'évanouit sitôt la musique éteinte.

Je restai calmement assis quelques secondes. Je crus que j'allais à nouveau entendre dans mon dos la voix du pianiste dire : *Excellent.* Mais ce fut Lin-san, entré à l'improviste dans le salon, qui me gratifia d'un bref applaudissement.

Je poussai un long soupir, comme si je m'éveillais d'un rêve.

Le Steinway offert par Lin-san à Emily avait beau ne pas appartenir à la catégorie des antiquités, il devait coûter au moins trois millions de dollars taïwanais.

Je n'aurais pas dû accepter son offre de venir jouer ici, mais il avait insisté en disant que sinon, il devrait faire des allers et retours pour m'ouvrir la porte de l'école. Il aurait très bien pu me faire confiance et me donner un jeu de clés. Mais non, il préférait me recevoir dans son intimité en hôte régulier.

Je ne sais pas ce qui m'aurait mis le moins mal à l'aise, en fin de compte.

Au début, je me demandais même s'il avait découvert quelque chose.

Et si son véritable but était de me faire dire des choses sur Emily ? Comment faire pour conserver mon laconique détachement ?

« Tu es sérieux ? » En entendant sa question, je me retournai pour regarder Lin-san : « Pourquoi veux-tu apprendre tout à coup à jouer du piano ?

— J'ai toujours voulu apprendre, mais je n'arrivais pas à me décider. Plus je vieillis, plus j'ai peur d'être ridicule, et plus j'ai peur d'être ridicule, moins j'ose me lancer.

— Mais pourquoi maintenant ? »

Je feuilletai la partition sur le pupitre, cherchant en vain un morceau adapté pour un débutant.

« Je crois que tu ferais un bon professeur. »

C'était la manière caractéristique de Lin-san de

s'exprimer, un ton soumis qui cachait un puissant désir de dominer.

Au début, je ne m'en étais pas du tout aperçu, je trouvais seulement que sa gentillesse spontanée outrepassait mes attentes. La compassion mêlée à un sentiment de culpabilité me poussait à accepter ses invitations. Nous étions même allés ensemble au restaurant français où il avait rencontré Emily. Sans le vouloir, j'étais devenu l'interlocuteur privilégié de son deuil.

S'il avait su combien j'étais gêné chaque fois que je m'asseyais en face de lui ! Si l'âme d'Emily n'était pas encore partie, était-elle comme moi partagée entre le rire et les larmes ?

Ma difficulté toujours plus grande à déguiser mon inquiétude et mon malaise aurait pu m'engager à prendre mes distances. Mais sa solitude, son affliction, les désenchantements de son mariage avec Emily, c'était comme s'ils pesaient sur mes épaules, je ne pouvais m'y soustraire.

Lorsque le passé ressurgit sans crier gare, je me sentis soudain terriblement navré pour cet homme.

Je ne sais plus combien de fois déjà j'étais venu accorder le piano pour Emily. Je me souviens juste que cette fois-ci, c'était par un après-midi d'été brûlant.

La maison était subitement devenue très calme, il n'y avait plus que moi.

Par la porte-fenêtre, je vis Emily au pied du

sterculier, conversant avec un visiteur qui venait d'arriver, comme si elle ignorait à dessein ma présence. De grande taille, élancé, les cheveux ramassés en queue-de-cheval, il paraissait un peu plus jeune qu'elle, les yeux en amande, légèrement effilés vers les tempes, avec cette paupière simple appréciée des Occidentaux.

Cet après-midi-là, une scène profondément enfouie dans ma mémoire refit surface.

Peu avant son retour à New York, le pianiste avait accepté de donner un récital et proposé à l'adolescent que j'étais de le rejoindre sur scène lors du rappel, pour jouer avec lui un morceau léger à quatre mains.

L'adolescent avait ri en disant qu'il n'oserait jamais.

« Non ? C'est parce que tu n'as rien de présentable à te mettre ! » Pour ne pas changer, le pianiste le taquinait. « Alors c'est dit, un de ces jours je t'emmène te faire couper un costume ! »

Malgré son refus, le cœur du jeune garçon, embrasé par cette perspective, était près d'éclater. La cause de cette joie, ce n'était pas le nombre de personnalités qui se trouveraient dans le public ce jour-là, mais sa vision de lui-même en smoking et nœud papillon, assis aux côtés du pianiste.

L'instant suivant, je vis la silhouette d'Emily sous l'arbre, son chignon était défait, sa longue chevelure lâchée. La main du garçon à la queue-de-cheval était dans ses cheveux et les caressait.

Par un après-midi d'été semblable à celui-ci, un

visiteur blond aux yeux bleus avait soudain fait son apparition, la promesse du morceau à quatre mains avait volé en éclats, seul son souvenir avait survécu dans l'esprit du jeune homme .

Le pianiste avait commencé à parler français avec le visiteur, ils étaient entrés dans la chambre, laissant le jeune homme au piano. La porte rebelle de la vieille demeure bâillait encore après avoir été refermée. Par cet interstice, deux yeux s'étaient coulés sans se faire remarquer. L'homme blond serrait le pianiste tout contre lui, leurs lèvres se cherchaient, comme le font les cigales qui, ayant cherché vainement un partenaire tout l'été, s'accouplent en hâte avant la fin des beaux jours.

Plus tard, je dis à Emily que je l'avais vue. Elle eut un mouvement de surprise, puis elle se mit à pleurer.

Je tendis la main pour relever son visage.

Les gens disaient que j'avais de jolies mains, harmonieuses, les doigts longs, les articulations fines, même le pianiste en avait fait l'éloge, des mains nées pour jouer, avait-il déclaré. A cette femme en pleurs, je n'avais rien d'autre à offrir que cette miraculeuse beauté.

Mais Emily détourna la tête et repoussa mes mains comme si je l'avais agressée.

Entre la compassion et la culpabilité, où réside la différence ?

Pourquoi est-il pour certains êtres si facile de trahir ?

Ce n'est pas moi qui jouai avec lui le morceau à quatre mains. L'homme blond était lui aussi pianiste, invité surprise de cette soirée, il enchanta le public et fit beaucoup parler de lui. Comment aurait-ce pu être moi ? Quelle naïveté! Peut-être n'était-ce même pas une trahison, juste une phrase dite pour rire que j'avais prise au sérieux. J'avais déjà décidé d'abandonner le piano et je savais que cela n'aurait rien changé.

La mort de sa femme avait plongé cet homme qui ignorait tout dans les remords et la solitude. Et le seul être à qui il voulait ouvrir son cœur, c'était l'accordeur du piano de sa femme, ce prodige de la musique qui ne l'avait pas très bien connue, ce monstre qui avait cherché à la menacer afin qu'elle lui prête plus d'attention, ce rebut que personne ne se souciait de blesser...

Je ne pouvais rien dire, je ne le savais que trop.

J'étais depuis longtemps habitué à être la touche noire solitaire ; la touche blanche semblait exister à jamais au-delà d'une frontière que mes doigts ne pouvaient atteindre.

Je contemplai, impuissant, l'abandon de ce jeune homme que j'avais été par le pianiste.

Le poing serré, il glissa un clou entre ses doigts. Les yeux fermés, il l'entendit laisser un long gémissement strident sur la caisse soyeuse du Steinway.

Il se rua dehors en pleurant, dévala désespérément la ruelle sans se retourner. Il savait que personne ne remarquerait son absence et ne viendrait le chercher. Il n'avait qu'à continuer à courir.

Je me voyais courir ainsi, courir sans fin. Jusqu'à me perdre. Jusqu'à ce que Lin-san me permette de m'asseoir encore une fois devant un Steinway et d'entendre les battements de mon cœur.

J'avais depuis longtemps cessé de donner des leçons de piano pour gagner ma vie, c'était hors de question – surtout si mon élève était l'homme en face de moi. Je prétextai mon métier d'accordeur, très prenant, mais je m'arrêtai là, de peur qu'il me questionne davantage. Il pencha la tête quelques secondes pour réfléchir, quand il rouvrit la bouche, le ton était devenu plus grave :

« Si personne ne m'apprend à jouer, il n'y a plus qu'à mettre ce piano à la décharge, plus personne n'y touchera. »

Cela arriverait, tôt ou tard.

Il est difficile de dire à quelle vitesse un piano qui n'est pas utilisé se dégrade, même s'il est régulièrement accordé.

Mais je ne le prenais pas vraiment au sérieux quand il disait vouloir apprendre. Il y avait plusieurs niveaux de significations dans ses paroles, de sorte qu'on ne pouvait immédiatement les pénétrer.

J'avais le pressentiment qu'il voulait se débarrasser du Steinway en même temps que des autres pianos de l'école de musique. Car il m'avait demandé d'un air résolu si je connaîtrais un vendeur d'occasion intéressé, et à combien j'estimais un prix raisonnable pour chacun de ces pianos.

Voyant que je ne répondais pas, il enchaîna avec une nouvelle idée :

« Les revenus d'un accordeur doivent être précaires, non ? Et le taux horaire est bien inférieur à celui des leçons de musique. La proviseure m'a dit qu'Emily vous trouvait assez bon pianiste. Alors, venez donner des cours chez moi ! Le piano vous attend. »

Par la porte-fenêtre, sous le sterculier il me semblait voir encore les deux silhouettes l'une contre l'autre.

Je n'ai jamais ressenti le besoin d'avoir un ami. La trahison est-elle ce bruit inévitablement produit par la résonance entre deux êtres ? Je ne peux en juger.

L'enfant de sept ans et mademoiselle Ch'iu qui en avait vingt-quatre. L'adolescent de dix-sept ans et le pianiste de trente-quatre. L'homme mûr de quarante-trois ans et celui qui en a désormais soixante.

Un même écart, inlassablement répété, comme la Roue de l'existence.

Ou comme l'écart qui sépare deux touches du piano, à distance égale mais dans un intervalle différent, produisant une résonance et une vibration tout autres.

Si la résonance entre soixante et quatre-vingts était si accablante et désespérante, était-ce parce qu'elle n'avait pas été accordée depuis longtemps ? De ces intervalles qui revenaient constamment, lequel était le plus proche de l'harmonie pythagoricienne ?

Il y a toujours quelqu'un de blessé.

Peut-être que tout le monde savait évaluer les risques, sauf le prodige de la musique ?

Le jour où le vendeur d'occasion vint à l'école pour l'expertise, Lin-san me demanda d'être présent. Je n'eus pas besoin de dire un mot, il vit de lui-même ce que donnerait leur mise en vente, rien que d'entendre l'offre était glaçant.

« Vous n'avez que ces pianos ? Il y en a d'autres ? » Le vendeur semblait lire dans les cœurs, il me regarda avant de se tourner à nouveau vers Lin-san.

J'évitai le regard de Lin-san.

Malgré mon refus de lui donner des cours de piano, je continuai à jouer sur le Steinway d'Emily.

Il me semblait que, tant que je ne laissais pas ce Steinway à l'abandon, je pourrais contenir l'indicible déception qui demeurait au fond de moi. Il y avait bien des années que je n'avais pas autant pratiqué, je n'accaparais le temps de personne, je passais de plus en plus de temps à jouer.

Cela faisait plus de deux semaines que je n'étais pas allé boire un verre avec Lin-san. Il n'y avait plus entre nous que les salutations d'usage et les échanges de politesses. Un jour où nous étions seuls dans l'école de musique, j'hésitai un instant avant de briser le silence. « Et toi, comment ça va ? » Il se détourna sans répondre pour aller fermer les portes des salles.

Il avait demandé une estimation, il avait franchi le pas, alors…

De toute évidence, Lin-san n'arrivait pas à comprendre que l'enseignement du piano n'entrait pas dans mes projets de vie. J'avais toujours été là pour accorder les pianos, je ne m'étais jamais préoccupé de savoir à qui ils appartenaient.

En quoi ce que deviendrait un piano me concernait-il ? Pourquoi croyait-il que j'accepterais de venir chez lui pour lui apprendre le piano ?

J'achevais de jouer *Un Sospiro* de Liszt sur le Bösendorfer, quand je découvris Lin-san à côté de moi. Il était revenu sans que je m'en aperçoive et attendait pour fermer la dernière salle de l'école.

En voyant l'abattement peint sur son visage, je sentis vaguement qu'il était prêt à le laisser partir. Une fois cette porte refermée, je n'aurais peut-être jamais plus l'occasion de jouer sur le Bösendorfer.

Mes sentiments embrouillés pour lui disparaîtraient un jour ; comme il l'avait dit, dans l'amitié entre deux hommes, chacun suit son chemin, puis ils divergent.

Mais Emily ne disparaîtrait pas aussi facilement.

A la pensée que je devrais continuer à garder le secret, je vacillai. A moins qu'il ne soit prêt à se débarrasser du Steinway ?

Je l'aidai à ranger un peu avant de quitter la salle. Devant le portail de l'école, nous eûmes tous deux un mouvement d'hésitation. Aucun ne voulait être le premier à ouvrir la porte.

« Où vas-tu maintenant ? me demanda Lin-san.

— Je vais acheter des partitions. »

Il y avait des années que j'écoutais, sur CD comme sur iPod, les sonates pour piano de Schubert dans l'interprétation de Richter, que ce soit la n° 18 D.894 ou la n° 21 D.960. Mais il ne m'était jamais venu à l'idée de les jouer moi-même.

Schumann, peut-être. Liszt et Chopin, j'avais passé un bon bout de temps dessus à l'époque où je préparais le concours d'entrée à la faculté de musique. Debussy et Rachmaninov avaient toujours été mes préférés. Mais Schubert, sans vraiment le vouloir, je l'avais constamment évité durant toutes ces années.

Peut-être qu'inconsciemment la vie de Schubert me frappait de terreur. Plus vraisemblablement, le jeu de Richter était trop impressionnant, si bien que j'avais toujours cherché à fuir ce défi.

Tous ces jours passés à pratiquer assidûment chez Lin-san m'avaient donné confiance. J'avais envie d'essayer. Je ne l'aurais pas cru.

Ce que j'aurais encore moins cru, c'était que Lin-san, qui avait épousé une musicienne, n'avait jamais mis les pieds dans une librairie musicale.

Située dans la partie ancienne du quartier Ximen, cette vénérable librairie qui avait cinquante années d'existence était plus à mon goût que les boutiques *arty* à la mode conçues par quelque célèbre décorateur d'intérieur – le genre d'endroit où l'on rencontre toujours de ces jeunes gens très appliqués à jouer les artistes.

Un large pantalon en lin, un regard glacial, le tout enveloppé dans une longue écharpe, c'était un danseur. Une discrétion affectée, jean râpé et baskets, l'air très affairé, mais pas au point d'ignorer les regards alentour, c'était un acteur.

Des filles qui faisaient plus que leur âge en talons hauts et chignon, des garçons tout de noir vêtus bien qu'ils ne fussent visiblement pas des hommes de main de la mafia, s'ils tenaient à la main un bouquet de fleurs, c'étaient presque à coup sûr les membres d'une chorale, sinon d'un orchestre de chambre, au sortir d'un concert.

Fort heureusement on ne voyait pas souvent de ces oiseaux-là dans le vénérable établissement.

C'était un vieux bâtiment datant de l'occupation japonaise, un abrupt petit escalier menait sans palier jusqu'en haut. Arrivé au deuxième étage, je poussai la porte de la librairie musicale, en me retournant je vis le visage étonné de Lin-san, comme je m'y attendais.

Quelqu'un qui se serait introduit ici par hasard n'aurait pas pu deviner, au premier coup d'œil, de quel endroit il s'agissait. Du plafond au plancher, les murs étaient couverts de tiroirs en bois pourvus d'une façade en verre. Chaque tiroir était fait sur mesure, d'une largeur et d'une profondeur idéales pour accueillir des partitions ouvertes. Toutes les notes attendaient sagement dans leur petit casier.

On aurait dit le pavillon d'un temple où sont

conservés les sûtras, ou encore un antique cabinet médical où aurait été entreposé, dans chacun de ces tiroirs, non des partitions, mais l'ADN des plus grands compositeurs. Une par une, les feuilles étaient déposées et retirées à la main. Si l'on ouvrait un de ces petits casiers tout plats, on sentait l'odeur du grain du bois et de la pulpe de ce papier spécial utilisé pour imprimer les portées musicales. Ici on n'achetait pas les partitions reliées en volume comme dans n'importe quel magasin, il n'y avait que des feuilles volantes. Tout le monde les manipulait avec grande précaution, de peur de les froisser ou de les salir à la moindre inadvertance.

Après avoir fait le tour du magasin en flânant, Lin-san se plaça discrètement derrière moi et me regarda sortir une à une les feuilles d'une partition de Schubert.

Au bout d'un long moment, baissant la voix à dessein, il me chuchota : « Si je vends le Steinway, où iras-tu répéter tous ces morceaux ? »

Je crus sur le moment qu'il avait rendu son verdict. En même temps, je sentais un double sens dans ses paroles.

En fait, il y avait longtemps que j'avais réfléchi à une solution pour l'école de musique.

Je m'étais toujours retenu d'en parler, craignant d'outrepasser mon rôle d'accordeur ; je me croyais différent des autres et je ne voulais pas qu'il se méprenne sur mon compte. Mais j'étais comme eux, finalement, incapable de m'en tenir à une simple rencontre sans rien attendre d'autre.

Il se passa quelque chose à ce moment-là, car je me souviens que la seconde d'après, quand je recouvrai mes esprits, je m'entendis lui faire cette réponse d'une voix sourde :

« Peu importe combien d'argent il pourrait vous rapporter, l'important c'est qu'ainsi vous pourriez non seulement garder le piano de la professeure Chen, mais toute l'école de musique. Les lieux sont assez grands, on peut y caser une dizaine de pianos sans problème. Même si l'enseignement de la musique est suspendu, ce sera au moins une activité liée à la musique… »

7.

A la fin du dix-neuvième siècle, les techniques de fabrication des pianos atteignirent de nouveaux sommets. Dans la ville de New York, la vente de pianos était un des domaines d'activité les plus prospères, au même titre que la Bourse de Wall Street, les théâtres de Broadway, le secteur de la presse.

Plus de cent soixante-dix manufactures étaient regroupées là. Des centaines de marques, des dizaines de milliers de pianos étaient fabriqués et distribués à New York.

Après le pic des années 1920, au fil du temps, le marché du piano new-yorkais alla sur son déclin. La popularisation des techniques d'enregistrement sur disque, la naissance de la radio rendirent caduque la règle ancestrale qui voulait qu'il y eût un piano là où il y avait de la musique. Ce devint même un luxe inutile d'aller religieusement assister à un concert et, l'un après l'autre, les musiciens se mirent à fréquenter les studios.

Dans les années 1980, la seule grande marque encore fabriquée à New York était Steinway. Dans toute l'Amérique, sur plusieurs centaines de marques, seules cinq avaient survécu.

Il faut dire aussi que le piano a beau demeurer pour beaucoup un objet de convoitise, il n'y a pas tant de forêts que cela à abattre sur Terre, la matière première nécessaire à sa fabrication est de plus en plus difficile à obtenir.

A part quelques pianos célèbres dont prennent soin des spécialistes, le destin de la plupart d'entre eux est d'être démonté et démembré, les composants utiles sont réutilisés et ce qui ne peut être sauvé part à la poubelle ou au recyclage.

New York n'était plus la capitale du piano, mais elle rebondit quelques années plus tard en devenant le centre névralgique du réassemblage et de la vente de pianos d'occasion.

Peut-on encore parler d'âme pour un piano réassemblé ?

D'un point de vue professionnel, je dirais que ce qu'on appelle l'âme du piano, qu'il soit neuf ou vieux, ne peut être libérée que par la conjuration de l'accordeur, sinon elle continuera d'y être emprisonnée.

Il était dix heures du soir quand nous arrivâmes à l'hôtel Carlyle sur la Cinquième Avenue. Plus de vingt heures de vol, elles étaient inscrites sur le visage épuisé de Lin-san qui n'avait pas dormi. Nous nous souhaitâmes rapidement bonne nuit avant d'entrer dans nos chambres situées l'une en face de l'autre.

Je m'endormis tout habillé, j'ignore pendant combien de temps. Soudain j'ouvris les yeux, le réveil digital à côté de mon oreiller indiquait à peine l'aube. Je déballai ma valise, enfilai l'épaisse parka toute neuve et sortis de l'hôtel. J'entamai une promenade sans but à travers les rues vides.

Avant le départ, aucun de nous ne savait quel tournant de notre vie nous attendait. Lin-san m'avait demandé comment cette idée de vendre des pianos d'occasion m'était venue. J'avais répondu sans détours que depuis des années, je discutais en ligne avec des passionnés de piano du monde entier. Même si ce n'étaient que des connaissances théoriques, j'en savais un brin sur la question.

Il n'avait rien objecté et déclaré simplement : « Alors nous allons nous procurer des vieux pianos. » Je n'avais pas eu le temps d'approfondir mes recherches qu'il avait déjà acheté les billets et réservé l'hôtel.

Devais-je en remercier Emily ou la surestimation de mes capacités ? New York. Cette ville à laquelle je n'aurais jamais cru être lié, dont je descendais à présent la Cinquième Avenue, me procurait un sentiment d'extrême irréalité.

C'était un jour de semaine à l'aube, au début d'un triste mois de novembre. A part les grosses balayeuses et un taxi jaune qui passait de temps en temps à toute vitesse, il n'y avait pas âme qui vive dans les rues.

A chaque taxi fonçant avec inquiétude vers une destination inconnue, je ne pouvais m'empêcher de me demander s'il existait des lieux secrets, invisibles sur la carte de la ville, qu'un visiteur ne connaîtrait jamais.

Dans Manhattan désert, un coup de vent sec et froid en chassait un autre. J'arrivai par hasard à l'extrémité sud de la Cinquième Avenue, devant l'arc de triomphe de Washington Square.

Je savais que tout autour de la place s'élevaient les bâtiments de l'Université de New York.

C'était ici qu'à l'âge de seize ans, le pianiste avait débuté.

L'année de ses vingt-deux ans, il avait donné son premier grand récital à Alice Tully Hall au Lincoln Center. Le jour suivant, le *New York Times* avait publié une critique élogieuse qui allait transformer sa vie.

Combien de jeunes prodiges de la musique avaient tenu entre leurs mains le sésame qui leur ouvrirait les portes de la ville ?

Mais mettre les pieds à New York pour la première fois à quarante ans passés vous ramenait seulement à tout ce qui avait expiré, ne pouvait plus être changé.

Je pris conscience, en cette fin de nuit où je tournais dans Washington Square, que j'avais désormais passé plus de temps sur cette terre que le pianiste. Et pourtant, chaque fois que je pensais à lui, je levais inconsciemment les yeux comme un enfant, comme si j'attendais encore son approbation.

Je ne connaissais son talent qu'à travers les vidéos qu'il avait rapportées. Je ne l'avais jamais vu jouer en public. C'étaient des enregistrements dans ce format Betamax utilisé à l'époque et dont plus personne ne se souvient, et il ne m'était pas venu à l'esprit d'en faire des copies.

J'avais même raté le concert qu'il avait donné avant de quitter Taïwan. Tout cela était si loin, et pourtant, je me souvenais de tout ce qu'il m'avait raconté sur New York.

J'aurais dû le comprendre plus tôt. En venant dans l'autre ville natale du pianiste, ce second théâtre de sa vie, je ne pourrais que me perdre dans les entrelacs labyrinthiques des *si*.

Si j'étais resté en contact avec lui, j'aurais su où se trouvait son ancien domicile à Manhattan. Mais ce n'était bien sûr qu'une divagation sans queue ni tête. Il y avait bientôt vingt-cinq ans qu'il était mort.

Et si ce Français habitait encore ici ?

Avaient-ils vécu ensemble ? Etait-il près de lui quand il était mort ?

Cette histoire d'amour entre deux hommes ne m'intéressait pas. Tout ce qui me tenait à cœur, c'était de savoir si ce Steinway que j'avais rayé à Taipei avait été transporté à New York.

Le Français l'avait-il précieusement conservé après la mort du pianiste? Si j'avais connu l'adresse, aurais-je eu le courage d'aller sonner à la porte ?

Et si, une fois la porte ouverte, j'avais découvert que tout cela n'avait été qu'un malentendu ? Il serait apparu devant moi un bon gros monsieur de soixante ans. Et s'il avait décidé de tout recommencer, de passer l'autre moitié de sa vie dans l'oubli…

Le lendemain, après le petit-déjeuner, nous partîmes sur Broadway en direction du sud.

A l'ouest de Midtown Manhattan, outre les célèbres boutiques Steinway et Petrof, se trouvent des dizaines de magasins de restauration de pianos. Chaque fois que nous poussions une porte, à la vue de Lin-san avec ses cheveux argentés et son costume Armani, les employés croyaient avoir affaire à un grand musicien venu du lointain Orient.

Personne ne prêtait attention à celui qui le suivait, la casquette enfoncée jusqu'aux yeux. Jusqu'à ce qu'ils découvrent que c'était moi qui m'asseyais aux pianos pour les tester, et je riais en douce de leurs visages stupéfaits et gênés.

Notre déambulation nous mena à une quatrième boutique. Une jeune femme d'origine asiatique nous accueillit et, en nous entendant échanger sur un Mason & Hamlin de la meilleure facture, elle passa aussitôt de l'anglais au mandarin : « Vous êtes de Taïwan ? Vous pouvez me tutoyer, je m'appelle mademoiselle Zhang. »

Elle se présenta : originaire de Pékin, elle venait d'obtenir son doctorat en musique à la Julliard School. A ces mots, nous échangeâmes un sourire. Elle voulut savoir pourquoi.

« Vous êtes la troisième personne à nous l'annoncer,

lui dis-je.

— Dans quel magasin êtes-vous allés ? Vous avez dû rencontrer Raymond. Il est argentin, c'est un ancien camarade de classe. » Elle ne se formalisait pas, au contraire elle dit en riant : « A New York il n'y a pas que les acteurs qui attendent une audition, il y en a aussi beaucoup qui veulent devenir musiciens ! »

Elle s'assit au piano pour faire une démonstration de son talent, et en vérité elle ne s'en sortit pas trop mal. Mais c'était ce Grotrian... Les pianos que j'avais essayés dans les autres magasins avaient tous le même problème. A chaque fois l'accordeur, croyant le mettre en valeur, avait trop enjolivé le timbre.

« Sur quel piano jouez-vous, monsieur Lin ? »

Lin-san fut pris de court par la question. Je m'empressai de répondre à sa place : « Un Steinway. » Stupéfaite, mademoiselle Zhang demanda : « Mais pourquoi voulez-vous changer de piano ?

— Ce n'est pas pour moi, c'est pour lui. »

Ce n'était sans doute qu'une dérobade – ne jamais dire que c'est pour un commerce, n'est-ce pas ? – mais en l'entendant, ce fugitif malentendu, cette risible illusion que quelqu'un puisse m'offrir un piano, bourdonna un instant à mes oreilles.

Je me tournai vers mademoiselle Zhang. Visiblement elle ne savait plus du tout quel article proposer, ni dans quelle fourchette de prix. Pire encore, peut-être s'évertuait-elle à comprendre ce qui lui échappait :

pourquoi quelqu'un aurait-il voulu offrir un piano à un vieux loser comme moi ?

Voyant que personne ne disait mot, elle me mena jusqu'à un piano à queue d'un noir étincelant. Sur le couvercle du clavier était écrit Rittmüller. Bien qu'à moitié convaincu, je l'essayai en jouant un bout de Chopin.

« Alors, pas mal, non ? » Mademoiselle Zhang montra du doigt l'étiquette du prix sur son support. « Tout neuf, seulement dix mille dollars. »

Je dis que je n'avais jamais entendu parler de cette marque.

Elle répliqua fièrement : « Made in China ! L'usine est à Canton, il en sort cinq cents par jour. La qualité des pianos chinois a beaucoup progressé, ces dernières années. En plus, leurs prix sont abordables, maintenant le marché tout entier est forcé de s'aligner et de baisser les prix, sinon ils ne sont pas compétitifs ! »

A ses yeux, ce genre de piano était bien assez bon pour moi.

Le rideau tomba sur ces trois jours de prospection. Pendant le dîner, Lin-san me demanda mon avis. Malgré moi, j'exagérai les défauts insignifiants de certains pianos, il y avait visiblement des pratiques louches dans ce commerce, j'avais peut-être pris tout cela trop à la légère.

Un serveur en costume folklorique vint en souriant à notre table. Je n'avais vu le *Russian Tea Room*, avec ses décorations rouges et chatoyantes aux murs, que dans les films de Woody Allen, jamais je n'aurais imaginé me retrouver dans ce célèbre restaurant new-yorkais.

« J'ai fait du commerce toute ma vie, il n'y a pas un coup tordu qui me soit inconnu. » A ma surprise, il n'était nullement découragé. Tout en dépliant sa serviette sur ses genoux, il leva son verre de vin rouge : « Je trouve au contraire cela très amusant ! Pourquoi y a-t-il autant d'étudiants de grandes universités qui vendent leur piano ?

— Voilà pourquoi je ne veux pas enseigner, dis-je, il y a trop de jeunes qui aspirent à devenir musiciens. On dirait que la production de pianos a été remplacée par une chaîne de montage de musiciens en série.

— Ils finiront bien par se réveiller de leurs rêves, non ? Dans le domaine de l'art, la concurrence est rude, difficile de percer... Je ne suis qu'un marchand, je me préoccupe des coûts et profits, je suis étranger à ce genre de rêves. Ils ont trop regardé de films de Hollywood, je crois ! »

Je ne pouvais, ni ne voulais, le contredire. Il ne pouvait pas comprendre ce que signifiait tenter le tout pour le tout, quand on n'a pas grand-chose dans les mains.

« Je parle d'un point de vue très subjectif, mais selon moi, ceux qui s'obstinent outre mesure manquent souvent d'autres occasions. On s'obstine parce qu'on a peur. Cette idée de vendre des vieux pianos, pour toi comme pour moi, c'est peut-être une occasion à saisir. Tu pourrais être un excellent *partner*. Qui sait si, sans le savoir, tu n'as pas la tête faite pour le commerce ! Si seulement Emily nous avait fait nous rencontrer plus tôt… Allez ! *Have a toast*, à notre future collaboration ! »

Je levai mon verre et trinquai avec lui, au moins pour saluer ce discours teinté d'émotion.

Il ne lâchait jamais prise. Il n'avait pas encore décidé de transformer l'école de musique en magasin de pianos d'occasion, mais cela faisait déjà un certain temps qu'il me versait un salaire mensuel, et voilà qu'à présent il m'appelait son associé, son *partner*.

Ce traitement de faveur m'avait d'abord surpris, mais en y réfléchissant, qui d'autre que moi aurait pu l'emmener dans ses tournées d'accordeur, lui expliquer le fonctionnement d'un piano, les mérites des différentes marques ?

Qui le renseignait sur les ventes de pianos étrangers et sur ces marques que les Taïwanais ne connaissaient pas bien ? Et qui l'éclairait sur les cours du marché, lui disait combien il pourrait revendre à Taïwan un Grotrian acheté ici dix-huit mille dollars ?

Une fois l'activité lancée, à qui aurait-il pu se fier pour faire sonner un vieux piano conformément au désir du client ? A qui, sinon moi ?

C'était un dîner à deux, mais Emily s'y invita, comme si elle était là, à notre table, invisible et silencieuse à nos côtés.

Lin-san raconta qu'ils étaient allés ensemble à Londres, Paris, Vienne, mais le temps leur avait manqué pour venir à New York, ils n'y avaient pas de souvenirs. Il le lui avait proposé à plusieurs reprises, mais chaque fois elle l'avait persuadé en douceur que rien ne pressait, elle voulait d'abord visiter l'Europe. Après tout, elle avait fait ses études aux Etats-Unis, elle n'était pas impatiente d'y retourner, vraiment pas.

Un homme soi-disant rompu à tous les coups tordus, comment n'avait-il pas flairé un secret derrière cette excuse ?

Je savais que nous ne pourrions continuer à travailler ensemble qu'aussi longtemps que ma compassion lui serait inconnue.

Peut-être avait-il raison, toute relation repose sur l'équilibre entre l'offre et la demande. Autrement dit, si j'étais pour lui la branche à laquelle il se raccrochait dans le vide et les regrets de son deuil, moi, qu'avais-je à y perdre ?

Sans raison, l'image du pianiste et de son amant français aux cheveux blonds me traversa l'esprit.

J'étais persuadé qu'ils devaient souvent venir manger ici durant ces années où ils étaient pleins de vie et de fougue.

Avant que se brise mon espoir du morceau à quatre mains, j'avais rêvé que le pianiste m'emmènerait dans les villes où il donnait des concerts.

Peut-être n'était-ce pas une illusion, mais un espoir qu'il avait suscité, sans le vouloir. Faire une telle promesse à un gamin de dix-sept ans est une chose cruelle, et dangereuse.

Si – encore un autre si – après avoir découvert son précieux Steinway tout rayé, il s'était lancé dans une expédition punitive ? Et si j'avais eu le courage de reconnaître ma faute ? Lui avais-je laissé la moindre chance de tenir sa promesse ?

Mais tout cela n'avait plus d'importance.

Je balayai du regard le décor rouge du restaurant et proférai à voix basse un remerciement qui me mit moi-même mal à l'aise : « Ce voyage va te ruiner, Lin-san. »

Pour moi comme pour cet homme qui avait plus l'air d'un musicien que moi, peut-être que cet équilibre entre l'offre et la demande était fondé sur l'oubli.

Il finirait par oublier cette Emily qui ne l'avait jamais aimé, et moi, j'avais fini par venir dans la ville du pianiste.

8.

Cinquième jour à New York.

Ce jour-là, nous n'avions rien de prévu, car Linsan devait aller à Philadelphie déjeuner en famille avec son ex-femme et son fils.

Si, comme il me l'avait confié, chacune de ces rencontres lui donnait des crampes d'estomac, j'imaginais qu'il serait mal en point à son retour à New York. C'est pourquoi, avant de partir chacun de son côté, je lui proposai d'aller faire un tour au Lincoln Center, au cas où il y aurait encore des places pour le concert de ce soir, cela lui changerait les idées. Je ne m'attendais pas à sa réponse : « Choisis plutôt une comédie musicale à Broadway, il y a des années que je n'en ai pas vu. »

Sa suggestion fut un soulagement pour moi.

En réalité, je n'avais pas vraiment envie d'aller à un concert. Et surtout pas à Alice Tully Hall, où s'était écrite une page importante de la vie du pianiste.

Une fois les billets achetés, je flânai sans but dans la ville. A la fin de la journée, j'avais vu en tout treize violonistes, je les avais comptés, sur les trottoirs, sur les quais du métro, dans les grands et les petits jardins publics, qui attendaient l'obole des passants.

Etait-ce un effet de la baisse des températures, je souffrais d'un léger vertige. A seize heures, le crépuscule tombait déjà, depuis les berges de l'île, des rafales de vent froid s'engouffraient dans Manhattan, comme autant de coups de burin me sculptant un nouveau corps. Ce n'était plus celui dont les contours se fondaient dans l'humidité de l'archipel.

A chaque respiration il me semblait inhaler des éclats de glace, qui me donnaient l'illusion que mon corps avait retrouvé les arêtes vives et précises de la jeunesse.

Et de ma jeunesse, je me souvins.

Le monde à cette époque n'avait pas quatre saisons, l'été s'étirait interminable et suffocant, le vent d'automne n'était qu'une figure poétique, je survivais en imaginant d'énormes chutes de neige.

Soleil invisible, températures presque négatives, jamais je n'avais été aussi proche de la chute de neige espérée.

Avant de venir à New York, j'avais trouvé le temps de rendre visite à ma mère. Un logement social dans le quartier de l'aéroport militaire, que mon père avait acheté avec ses économies après avoir vendu des raviolis pendant vingt ans. Aujourd'hui il n'y avait plus que ma mère.

Heureusement, elle pouvait encore se débrouiller seule, même si elle n'entendait plus très bien. J'avais deux grands frères et deux grandes sœurs ; moi, le petit dernier, j'avais dérivé de-ci de-là ces dernières années, sans me préoccuper beaucoup de la famille. Assis dans le salon devant une série coréenne avec ma mère, tout en lui expliquant l'intrigue, je me sentis très triste tout à coup : son quotidien, c'était donc ça, rester seule à la maison devant la télé sans comprendre ce qu'elle voyait ?

Je n'avais pas l'habitude de raconter ma vie, alors une chose qui n'avait pas encore pris forme… Ce projet de vendre des pianos d'occasion allait-il vraiment se concrétiser ? Mon salaire actuel d'accordeur à temps partiel était tout juste suffisant pour me faire vivre. Je ne pouvais pas assumer ma part dans la prise en charge de ma mère, et qui sait si je le pourrais un jour ?

Pendant les publicités, elle se rappela soudain qu'une madame Ch'iu avait téléphoné, elle avait demandé que je la rappelle.

Il se trouvait que, cette année-là, à soixante-cinq ans, la professeure Ch'iu prenait sa retraite de l'université. Sa fille, installée au Canada, avait obtenu pour elle un visa de rapprochement familial, elle partirait avant la fin du mois.

Elle n'avait aucune raison d'être fière de mon parcours, et pourtant elle avait eu envie de revoir son ancien élève. J'éprouvais un sentiment indéfinissable, était-ce de la gratitude ou de la réticence ? La belle dame douce et tendre de mon enfance avait coupé ses longs cheveux à la quarantaine et elle était devenue une femme bien en chair.

Elle avait toujours travaillé dur. Professeure de musique des écoles, elle avait réussi grâce à la formation continue à enseigner au lycée, puis elle était partie à l'étranger pour suivre un master. Une fois rentrée au pays, elle avait obtenu un poste de lectrice à l'école normale, mais elle avait pris un congé sans solde pour passer un doctorat en pédagogie musicale. Elle était repartie à l'étranger où elle avait rencontré son futur mari, étudiant en gestion stratégique de l'information. Après quelques années, l'école normale avait acquis le statut de faculté, et de la faculté elle s'était hissée à l'université. Elle avait atteint le grade de professeure des universités, elle avait même été doyenne pendant plusieurs années.

Après une inlassable, infatigable vie de travail, elle se retirait avec les honneurs, j'aurais dû être content pour elle. Me réjouir qu'il ne se soit rien passé à l'époque entre elle et le pianiste qu'elle adulait.

Mais je n'arrivais tout simplement pas à faire correspondre la mademoiselle Ch'iu de ces années-là avec la professeure Ch'iu qui se trouvait devant mes yeux. Une indicible nostalgie montait en moi. J'aurais voulu lui demander qui – à part le pianiste et moi qui avions déçu ses espérances – et quels événements l'avaient peu à peu emportée loin de ses rêves de jeunesse.

« J'ai souvent pensé à toi. »

La professeure Ch'iu, tout en parlant, avait chaussé ses lunettes de presbyte, elle sortit un sac en papier kraft rangé sous la petite table à thé du salon. « Ces derniers temps je range, je fais mes paquets, j'ai retrouvé ça, regarde ! »

A l'intérieur, il y avait un tas de certificats et de prix que j'avais obtenus lors de concours à l'école primaire.

« A l'époque, tu disais qu'il ne fallait pas que ton père les voie, alors tu me les as confiés, ensuite j'ai complètement oublié qu'ils étaient ici ! »

Peut-être ne se souvenait-elle même plus de tous ses rêves.

Peut-être voulait-elle me rencontrer parce qu'elle avait besoin de voir quelqu'un qui avait lui aussi renoncé, pour pouvoir conclure, partir le cœur en paix.

« Voilà mon mari.

— Enchanté, monsieur. »

Je m'inclinai en hâte devant le personnage qui entrait. Il avait une serviette autour du cou et une gourde en bandoulière. Il devait revenir d'une marche dans les collines ou d'une promenade de santé.

Il était petit et trapu. Bien qu'à la retraite, il arborait un air calme et déterminé, comme s'il avait décidé de vivre pleinement sa vieillesse. Il me salua avec un sourire avant de s'éclipser. Manifestement, ils avaient un accord tacite pour ne pas mélanger leurs relations.

Depuis que j'avais pénétré dans la maison de la professeure Ch'iu, j'éprouvais une sensation diffuse pour laquelle je trouvai enfin les mots adéquats : tout était en ordre.

Maintenant que nous ne parlions plus de musique, notre rencontre était aussi banale que celle de vieux amis qui se rappellent le passé. J'étais devenu un homme mûr, et si vite, j'en aurais pleuré. Surtout lorsqu'elle changea brusquement de sujet pour me demander pourquoi je ne m'étais pas marié. Je n'avais donc pas trouvé la personne compatible ?

La mademoiselle Ch'iu d'il y a trente ans n'aurait jamais prononcé ces paroles. Mais je ne voulais pas répliquer à celle qui était devant moi : Qu'est-ce que cela veut dire, la personne compatible ? Compatible, c'était déjà un mot décourageant pour décrire le couple formé par un musicien et son piano ; mais, appliqué à deux êtres vivants, il devenait aussi vide qu'un lieu commun. Etais-je donc le seul à ne pas en saisir le sens ?

Il y a trente ans, quand elle avait rencontré celui qui allait devenir son mari, avait-elle su immédiatement qu'il était « compatible » ? Si être compatible était l'aboutissement d'une vie de compromis, alors la question se résumait à savoir si l'on acceptait ou non son destin.

Juste avant de m'en aller, je mentionnai comme en passant : « Je pars à New York la semaine prochaine. »

Une brève perplexité passa dans ses yeux, comme si elle n'avait jamais entendu parler de cet endroit. Puis elle afficha rapidement un sourire, celui du professeur qui félicite son élève diplômé, atone en même temps que délibérément optimiste. « Ah oui ? Profites-en bien, il y a plein de choses à voir à New York ! »

Je m'attendais à ce qu'elle en dise plus.

A cet instant-là je réalisai que, pour elle, le pianiste appartenait à un passé qui ne signifiait plus rien.

Ce soir-là, Lin-san arriva en courant au théâtre quinze minutes avant le lever du rideau. Il me chercha hâtivement du regard parmi la foule, sans me reconnaître tout de suite.

« Nouveau chapeau ?

— Oui, cet après-midi j'ai traîné sur St. Mark's Place dans East Village, j'ai vu ce béret, la couleur lie-de-vin m'a plu, alors j'ai jeté ma vieille casquette. »

Il m'examina de la tête aux pieds, me dit que ça m'allait bien. Je n'eus pas le temps de m'enquérir de son déjeuner de famille, il me devança en me demandant ce que j'avais fait de ma journée. J'ouvris mon sac à dos pour en sortir un sac plastique, il contenait une dizaine de magnets pour frigo.

« Je les ai glanés dans les magasins de souvenirs, les marchés aux puces, les brocantes. Que des instruments de musique, saxophone, guitare, piano, trompette, violon, alto… c'est pour toi. »

Les lumières se mirent à clignoter dans la salle, le spectacle était sur le point de commencer. D'un geste rapide, il fouilla dans le sac, en prit un et le mit dans sa poche.

9.

A propos du timbre.

Lorsqu'on presse une touche de piano, le signal acoustique reçu par le nerf auditif possède trois composantes.

La première, appelons-la fréquence fondamentale, bourdonne, *wong-wong*.

La deuxième tinte, elle détermine l'intensité et la clarté de la note, *ting-ting*.

La troisième donne sa force d'expression au son, un peu comme le clair-obscur d'une lumière, elle susurre, *sss-sss*.

C'est la proportion entre ces trois composantes qui structure le timbre perçu par notre oreille. Il diffère du tempérament ou de l'intonation musicale, pour lesquels on peut s'approcher de l'exactitude grâce à un calcul mathématique, même si on ne peut pas vraiment l'atteindre tout à fait. Le timbre est une appréciation toute subjective, comme l'impression que vous éprouvez quand vous rencontrez une personne pour la première fois ; vous ignorez si c'est une question de karma ou de connexions neuronales, mais la plupart du temps, vous décidez de vous fier à ce genre d'intuition.

Pour l'oreille commune, est beau ce qui est sonore et mélodieux. Cependant les richesses d'un timbre vont bien au-delà, il y a des sonorités tranchantes comme une pointe de diamant, d'autres aussi doucereuses que la perle. Le timbre est-il allègre comme un rayon de soleil ? Aussi lyrique que le bruit de l'eau ?

Comment comprendre le timbre souhaité par un pianiste, et les raisons qui le guident ? S'il est impossible à décrire par des mots précis, vivants, c'est comme s'il n'existait pas. Le même vécu s'exprime-t-il à travers le même vocabulaire ? Voilà un autre défi à relever.

Les nerfs de l'accordeur sont mis à rude épreuve. On a parfois affaire à un client qui se prend pour un spécialiste, se croit au-dessus du lot, fait ce genre de description : « Un peu sombre et profond, plutôt mélancolique, mais chaleureux, à la fois généreux et délicat… » L'accordeur doit se retenir pour ne pas lui rire au nez.

La mélodie, elle, peut être notée. L'expression du sentiment dans le jeu, la chaîne sonore peuvent être imitées. Mais le timbre ne peut s'inscrire dans un schéma, car aussi pur soit-il, il est toujours éphémère.

Il va sans dire que les frappes répétées sur les touches transforment le timbre au fil du temps. Mais la grande majorité des gens préfèrent s'en tenir à leur première impression, à cette joie de la découverte qui s'apparente au coup de foudre.

Mais que cherchent-ils à capturer exactement ?

Aussi inventives et lyriques que soient les descriptions, l'accordeur ne peut pas faire des miracles.

Il peut, par exemple, jouer sur la précision des marteaux en piquetant le feutre, voire en l'immergeant dans une solution chimique, le but étant de créer une frappe plus ou moins dure ou souple sur les cordes, et d'égaliser le timbre et la sonorité de chaque touche.

Les propriétaires de pianos seraient-ils aussi exigeants s'ils comprenaient que, pour satisfaire leurs oreilles, les marteaux doivent payer un prix désastreux ? Un amant soi-disant parfait créé par la chirurgie esthétique a-t-il encore une âme ?

Cette couleur sonore, purement subjective, poursuivie par le musicien, d'où vient-elle ? D'une vibration née en son for intérieur, ou du souvenir de quelque chose qu'il a déjà entendu ? Mais ce souvenir, au fil du temps, subit des altérations, des déformations, devient une sorte de chimère…

Si nous trouvions une tribu qui aurait toujours vécu séparé du monde, et si nous leur faisions entendre un concert de piano, quels désirs et quelles images susciterait-il en eux ?

Et quels mots emploieraient-ils pour décrire ce qu'ils entendent ?

J'ai une merveilleuse oreille pour accorder un instrument, un don exceptionnel pour mémoriser les partitions, je sais distinguer les infimes nuances d'un timbre, mais paradoxalement, je n'ai aucune préférence pour une couleur sonore ou une autre.

Moi qui n'ai jamais possédé de piano, j'aurais beau jeu de faire le difficile.

C'est peut-être pour cette raison que je pensais être fait pour devenir accordeur plutôt que professeur de piano ou interprète. Parce que, contrairement aux pianistes, je ne cherchais pas à tout prix le timbre parfait.

Mon métier d'accordeur me permettait de maintenir un minimum de contact avec le monde extérieur. En vérité, je croyais que cela suffisait à mon bonheur, qu'on me fasse confiance et qu'on s'en remette à moi.

Mais il ne faut pas confondre confiance et complicité.

J'avais été attiré par la complexité et les contradictions qui m'étaient apparues dès le début chez Emily. Je croyais avoir enfin rencontré un timbre différent des autres.

A ma surprise, malgré ce qui s'était passé, Emily avait continué à faire appel à moi. Et moi j'avais continué à lui proposer diverses couleurs sonores patiemment composées, avec pour seul effet qu'elle était encore plus incapable de se prononcer. Elle avait fini par me retourner la question : « Et vous en pensez quoi, vous ? »

J'avais dit que la meilleure solution serait d'installer un jeu de marteaux tout neufs, et d'accepter le résultat. Si je continuais à le triturer, je finirais par détruire ce piano.

Son amabilité envers moi, le désarroi qui lui succéda, ne firent que renforcer mon impression d'une inégalité de statut. Du fait de ma modeste condition, lorsque cet homme était revenu, elle n'avait même pas pris la peine de me présenter. J'en étais venu à me demander si je continuais à venir ici, non à cause de la chaleur qu'elle me témoignait parfois, mais pour la voir s'avilir avec cet homme plus jeune qu'elle.

Elle me rappelait ce Steinway que j'avais sauvagement lacéré avec un clou, il y avait des années de ça.

Cet abîme où je m'enfonçais inexorablement n'avait rien à voir avec l'amour ou le désir, c'était la haine de moi-même.

L'air misérable, pitoyable que je prenais à dessein avec elle me procurait paradoxalement un avantage. Je l'effrayais et je la dégoûtais, mais elle était forcée de me traiter en allié. Si la maladie n'était pas survenue brutalement, je suis persuadé que l'homme à la queue-de-cheval aurait fini par me considérer d'un autre œil et regretter de ne pas avoir fait preuve de plus de retenue devant moi…

Un an plus tard, j'étais revenu, j'avais tendu la main, pressé une touche du Steinway d'Emily, qui avait laissé échapper une note légèrement discordante, sourde, lugubre, émue. Ce timbre m'avait stupéfié, comme si quelqu'un me murmurait à l'oreille : Ne pars pas.

Mais qui donc était emprisonné dans ce piano ?

Je découvris que les grandes et célèbres avenues de New York n'étaient pas le théâtre de la vie nocturne.

Les berges de l'Hudson constituaient une sorte de zone frontière, et quand nous y arrivâmes, apparut à nos yeux le paysage enchanté d'une rue bordée de restaurants brillamment éclairés.

Lin-san n'avait pas eu le temps de manger avant le spectacle, mais sa fatigue s'envola à la vue de la carte. Au cours de cette semaine à New York, il avait voulu retourner dans les restaurants où il était venu autrefois.

Ce pouvait être un genre de snack où l'on servait des hamburgers, ou une gargote grecque à l'intérieur d'un vieux bâtiment dans une petite rue. Ce soir-là, après la comédie musicale, plus enthousiaste que jamais, il m'entraîna alors que sonnaient vingt-deux heures dans ce restaurant italien familial qui, paraît-il, existait depuis cinquante ans.

« Voilà, les toiles cirées rouges et blanches sur les tables, la mama qui tient la caisse derrière le comptoir, ce n'est que dans ce genre de restaurant que le goût est authentique ! » s'écria-t-il.

Une fois assis, la commande prise, j'eus enfin l'occasion de lui demander si son voyage à Philadelphie s'était bien passé. Avec un soupir, il raconta que le mari actuel de son ex-femme avait un cancer des poumons et qu'il avait quitté son travail pour se soigner chez lui.

« Quelle absurdité, n'est-ce pas ? Nous avions cru que nous ne referions pas deux fois la même erreur, et voilà que nous finissons… par nous rejoindre dans le malheur. »

Dans le restaurant débordant d'animation, seule notre table devint silencieuse. L'anglais était pour moi la langue de fond idéale. On aurait dit que, de table en table, se répétait une pièce de théâtre, chaque convive débitant son texte et jouant son rôle.

Je me souvins que Lin-san avait pris un magnet dans mon sac de souvenirs juste avant le début de la comédie musicale. Je ressortis le sachet en plastique de mon sac à dos pour le poser sur la table. Je répétai que tout était pour lui.

« Devine un peu celui que j'ai pris? » Il mit la main dans la poche de son manteau. « Interdit de vérifier ceux qui restent, réponds tout de suite. »

Je regardai son poing fermé qui contenait la réponse à l'énigme, et soudain me submergea une tristesse sans nom. Je secouai la tête, en me disant à moi-même que je ne voulais surtout pas savoir.

Voyant que je me taisais, il partit d'un rire léger, puis ouvrit la paume. C'était une trompette. « Quelle coïncidence que tu aies pensé à m'offrir ça », dit-il.

La première fois qu'il était venu sonder le marché à New York, il avait vécu dans une sous-location saisonnière, un *sublet*, dont il avait trouvé l'annonce dans le journal. Il se rappelait que le frigidaire était couvert de ces petites choses qu'il n'avait jamais vues auparavant. Il avait même fait de longues recherches pour savoir si leur importation à Taïwan pouvait être une opportunité commerciale.

« Tout à l'heure, si j'ai failli être en retard, c'est parce que j'ai fait un détour pour revoir l'endroit. » Tout en parlant, il continuait à jouer avec le magnet dans sa main. « Je n'y ai vécu qu'un mois, mais je me souviens encore de la disposition du petit appartement.

— Tu connaissais le propriétaire ? C'était quel genre de type ? » Je commençais à m'intéresser aux souvenirs de Lin-san. « Ça date de quand ?

— Bientôt trente ans. J'étais jeune à l'époque, je venais de me lancer dans les affaires, je ne voulais pas habiter à l'hôtel, trop cher, alors on m'a indiqué cette formule plus économique. Le locataire était un étudiant japonais en échange universitaire, lui aussi voulait faire des économies, il rentrait chez lui pour les vacances d'été et ne voulait pas payer le loyer pour rien. Un garçon charmant. Il m'a même envoyé une carte postale du Japon, il me demandait si tout se passait bien… »

Il s'arrêta, perdu dans ses pensées, puis son regard alla de sa main à mon visage.

« Les *sublets*, c'est très courant aux Etats-Unis, mais c'est tout de même assez bizarre… Les gens se fient à un inconnu qui débarque comme ça chez eux, dort dans leur lit, se sert de leurs affaires… C'est comme si on vivait à la place de quelqu'un d'autre dans sa maison… »

Ces confidences me laissèrent un moment sans réplique. J'en aurais peut-être déduit que le voyage à Philadelphie l'avait déstabilisé, si une silhouette assise dans un coin, à cet instant-là, n'avait retenu mon attention.

Mais ce qui se produisit ensuite me prit totalement au dépourvu.

L'homme assis derrière Lin-san, en face de moi, croisa par hasard mon regard et ne broncha pas même une seconde. Il ne m'avait donc pas reconnu.

Je n'en fus pas surpris, mais je ne pensais pas que Manhattan était aussi petit.

Il portait un manteau vert wasabi, une écharpe violette autour du cou, je croyais que seuls les artistes ringards s'habillaient de façon aussi tape-à-l'œil. Mais je me souvenais très bien de la paupière unique et de la queue-de-cheval. Comme il allait au comptoir régler l'addition, se tournant tout à coup vers notre table, il s'écria : « Douglas ! » Puis il marcha vers Lin-san et lui donna une accolade. Il répétait d'un ton affligé : « *I'm so sorry…* »

Je restai un instant stupéfait, avant de comprendre qu'il ne s'excusait pas de sa trahison, mais exprimait ses regrets pour la mort d'Emily.

Lin-san avait donc un nom anglais, Douglas ?

Très à l'aise, l'homme se mit à échanger des banalités avec Lin-san, sans se soucier de ma présence, tandis que moi qui savais les dessous de l'histoire, je contemplais d'un œil froid sa comédie.

Apparemment, il y avait longtemps qu'ils ne s'étaient pas vus. Les funérailles d'Emily remontaient à tout juste six mois. Il n'y avait pas assisté et il avait l'audace maintenant de faire ces simagrées hypocrites ? Je sentis une vague de chaleur monter de ma poitrine à mon front. Lin-san, perdu dans son passé quelques secondes plus tôt, était à présent tout sourire. Il tira l'autre type pour le faire asseoir, et s'empressa de me le présenter.

« C'était l'élève d'Emily, Ch'ia-wei – ou faut-il t'appeler Gary ? Si je m'attendais à te trouver ici ! Il y a longtemps que tu n'es pas retourné à Taïwan, non ? Emily a enseigné la musique quelques années en classe de collège, tu ne savais pas ? Ch'ia-wei était très doué, il est parti étudier aux Etats-Unis dès le lycée, finalement il a obtenu son diplôme à Julliard, en classe de piano, si je me souviens bien ? »

Etait-ce mon béret ? Ou alors il faisait juste semblant de ne pas me reconnaître ? Non, c'était simplement parce que j'étais définitivement insignifiant que mister queue-de-cheval se désintéressa de moi, après un hochement de tête dénué d'expression.

Un doute m'effleura sans que j'aie le temps de le sonder. L'entente entre les deux hommes me plongeait dans une incroyable confusion.

Emily ne m'avait jamais dit qu'il avait été son élève au collège...

S'il ne s'agissait pas d'une feinte pour tromper Lin-san, à quel moment l'histoire d'amour entre ces deux-là avait-elle commencé ? Quand ils s'étaient revus après son séjour aux Etats-Unis ? Ou bien avait-elle choisi d'aller étudier sur la côte Est, à l'Université de Boston, précisément pour se rapprocher de lui et maintenir cette relation adultère ?

Au moment de me présenter à mister queue-de-cheval, Lin-san hésita un instant. Soit il avait subitement oublié mon nom, soit il n'avait pas envie d'expliquer pourquoi il était à New York avec moi.

Au cours des trois derniers mois, la plupart du temps nous étions en tête à tête, on se disait simplement *tu*. Sur la messagerie instantanée, le pseudo qui accompagnait la photo de mon profil était *piano man*. Pour lui, c'était vraiment comme si j'étais une personne sans nom.

L'avenir des locaux de l'école de musique n'était pas encore écrit, et s'il ne voulait pas trop en dire, surtout à un ancien élève d'Emily, il devait être assez gêné pour me présenter, moi qui étais sans titre officiel, ni CV impressionnant.

« Voici mon *partner*. »

Après un blanc de deux secondes, le regard de Lin-san se déporta brusquement de mister queue-de-cheval à moi, comme s'il venait de poser une question d'examen à laquelle je n'avais pas répondu.

« *Partner ?... You mean business partner, right ?* »

Pourquoi mister queue-de-cheval tenait-il tant à parler anglais, je n'en savais rien ; le fait est qu'il parlait mandarin couramment. En entendant Lin-san m'appeler son « partenaire », il ne put retenir un sourire narquois, soulignant sa bévue. Lin-san ne savait donc pas qu'à New York, le mot désignait habituellement un compagnon gay ?

« Oh, vous êtes donc des associés en affaires, vous avez à parler business ? Alors je ne vais pas vous déranger plus longtemps. »

En réalité, il n'avait aucune envie de s'attarder, et encore moins de savoir qui j'étais. Il échangea encore quelques politesses avec Lin-san avant de prendre congé précipitamment, ou plutôt de fuir comme un lâche.

Lin-san ignorait-il vraiment cet usage du mot *partner* ? Je me souvenais de l'avoir appris au lycée. Il ne désignait pas forcément un associé en affaires ou un partenaire amoureux, à l'origine il signifiait simplement quelqu'un avec qui on faisait équipe, que ce soit en double au tennis, ou au bridge, il vous faut toujours un *partner*.

Ma colère et mon malaise ne se dissipèrent pas après le départ de ce trouble-fête. Son ton frivole et goguenard, ses insinuations insupportables m'avaient mis en rage. Lin-san et moi n'avions rien d'un couple !

« Quel type antipathique, ce Gary ! Tu as vu cette

dégaine, et ce qu'il a dit sur les partenaires, je parie qu'il est gay, non ?

— Non, il ne l'est pas. » Lin-san prit tranquillement son couteau et sa fourchette, et attaqua l'entrecôte de veau qui attendait depuis longtemps dans son assiette. « Tu as quelque chose contre les homosexuels ? Je ne comprends pas d'où te vient cet a priori… »

Il avait déjà remballé son sourire, mais moi je n'arrivais pas à me contrôler, sans savoir pourquoi, je désirais le pousser à bout. En même temps, ma colère commença à dévier lentement sans que je m'en rende compte, ce sourire imperturbable m'avait encore plus mortifié que les poses de mister queue-de-cheval.

« On voit au premier coup d'œil que ce type est un frimeur ! Comment peux-tu être aussi complaisant avec ce genre d'hypocrite ? Et son anglais... Il sait très bien parler mandarin ! Si j'étais homo, je dirais que je suis homo, qu'est-ce qu'il a besoin de faire le malin avec son anglais ?

— Ah ? Et comment sais-tu qu'il parle mandarin ? »

Je ne m'attendais pas à ce que Lin-san soit vraiment attentif à mon délire.

« C'est toi qui l'as dit, avant de partir à l'étranger il a étudié à Taïwan jusqu'au lycée. Ne change pas de sujet…

— Il doit être plus à l'aise en anglais qu'en mandarin maintenant.

— Qu'est-ce que tu en sais ? Ce gars-là…

— Mais pourquoi il t'intéresse autant ? coupa Lin-san avec impatience. Je vais te dire, non seulement je sais très bien qu'il n'est pas attiré par les hommes, mais je sais aussi qu'il a un faible pour les femmes plus âgées que lui. »

Ces mots me fermèrent la bouche.

Je le regardai, stupide, comme si un marteau s'était abattu sur mon front, mon cerveau ne réagissait plus. Etait-ce une parole en l'air pour clore la discussion ? Ou un avertissement ?

Sans colère ni dédain, paraissant craindre au contraire que je ne le croie pas, il me dévisageait d'un air d'extrême franchise.

Pendant les quelques secondes de ce face-à-face silencieux, un concert de notes stridentes, discordantes, *DING-DING-DING, DING-DING-DING*, heurtait mon oreille, comme si dans un recoin caché du restaurant, un petit polisson était en train de frapper avec férocité sur un piano jouet et qu'il ne s'arrêterait pas tant qu'il ne l'aurait pas cassé.

Emily avait-elle révélé à son amant quelque chose sur son mariage, quelque chose qu'elle ne pouvait partager avec personne d'autre ?

Et si la raillerie de mister queue-de-cheval n'avait pas été décochée au hasard ?

Moi qui croyais détenir le secret de leur couple, se pouvait-il en réalité qu'il n'y ait jamais eu de secret entre eux ? Cela ne valait vraiment pas la peine de faire une montagne de ce qui se dissimulait derrière les liens du mariage.

Il me semblait que, de l'au-delà, la triste Emily nous faisait une mauvaise blague. Une telle coïncidence était-elle possible dans une ville de plusieurs millions d'habitants ? Tomber justement sur mister queue-de-cheval ?

Dieu avait piégé les âmes dans des enveloppes de chair grâce à la musique, avait dit le pianiste.

Les âmes étaient toutes égales, mais les corps ne l'étaient pas, c'est pourquoi, en ce bas monde, il n'y a d'égalité possible que dans l'art.

Cette conclusion par laquelle le pianiste avait clos son histoire me revint soudain à l'esprit. Le croyait-il encore avant sa mort ?

Les oreilles étaient comblées par la musique, mais pas les autres sens insatiables. S'il n'y avait pas les corps, moi, le pianiste, Emily, Lin-san, la professeure Ch'iu... dans quel monde vivrions-nous ? Nos rencontres raconteraient-elles des histoires différentes ?

Je compris enfin la souffrance du pianiste. Il avait soumis le piano, il avait soumis les oreilles mélomanes, mais il n'était pas parvenu à soumettre sa propre chair. La chair ne pouvait être satisfaite que par des moyens cruels et barbares.

Je détournai en premier le regard. Je regrettais mon emportement de tout à l'heure. Je me levai précipitamment en disant que j'allais aux toilettes. Mais je restai devant la porte des cabinets, à observer l'incessant va-et-vient des clients, jusqu'à ce que ma respiration se calme.

La silhouette de cet homme assis en face d'une chaise vide, était-ce le portrait de ce que je serais plus tard ?

En l'épiant derrière le rideau de fleurs en plastique bon marché, je le vis prendre le sac de souvenirs posé sur la table. Il remit à l'intérieur le petit magnet qu'il tenait dans son poing, roula le sac et le déposa sur le siège à côté de lui où il y avait son manteau.

Un homme comme lui, qui ne manquait de rien, être si facilement ému par ces babioles... Mais son geste ne me consola nullement, au contraire, une honte indescriptible me submergea, une irrépressible envie de m'élancer, lui arracher ce sac et en jeter tout le contenu à la poubelle.

Quand les âmes se retrouvèrent piégées dans les corps, ne voulurent-elles pas échanger entre elles ces ridicules et fragiles coquilles ?

Si l'âme de Lin-san avait été appariée au corps du pianiste, ou si mon âme avait rejoint une enveloppe aux yeux bleus et aux cheveux blonds, aurions-nous eu tous ces regrets ?

A peine me fus-je rassis que Lin-san déclara qu'il voulait discuter un peu de notre programme du lendemain, une dernière visite dans un entrepôt de pianos du Bronx.

Son visage était aussi détendu qu'au moment où nous étions entrés dans le restaurant, comme s'il ne s'était rien passé. Je lui demandai s'il pensait vraiment que le projet de transformation de l'école de musique était viable ; sinon, cette nouvelle démarche était inutile. Il ne parut pas saisir mes paroles et me répondit, désarmant, que nous allions rentrer à l'hôtel nous reposer. Demain, nous partirions tôt pour rentrer tôt.

Je n'eus d'autre choix que de hocher la tête avec un sourire forcé.

Il paya l'addition. Sur le seuil de la porte, ce fut comme si nous avions été projetés dans un espace-temps différent. Je ne pus m'empêcher de m'écrier : « *Oh my God !* »

Lin-san était perplexe, puis, quand il vit mon regard levé vers le ciel derrière la vitre, il éclata de rire… « Jamais vu la neige, hein ? »

Les flocons ne voletaient pas avec lenteur comme dans les dessins animés de mon enfance, ils tourbillonnaient violemment à chaque bourrasque entre les rangs serrés des gratte-ciels.

La lumière des lampadaires les transformait en flocons d'ombre, petits points noirs et vaste blancheur au sol, touches noires et blanches brisées.

Avant de tomber du ciel, le flocon savait-il qu'il allait devenir neige ?

Je m'imaginai virevolter dans les airs avec ces flocons au-dessus de Manhattan, le regard perdu dans le ciel.

Le flocon se croyait-il goutte de pluie ou grêlon ? Se rêvait-il grésil, peut-être dans un paysage d'arc-en-ciel ?

Jusqu'au jour où, déployant ses ailes, il se découvrait flocon de neige ?

Une ville inconnue sous une neige inconnue.

Deux êtres avançant au même rythme, épaule contre épaule, dans les rapides rafales, bruit de la marche irrégulière sur la fine couche de neige, ensemble musical sans cordes. A pas lents nous retournâmes à l'hôtel, nous vîmes des employés occupés à jeter du sel et à pelleter la neige, la porte d'entrée fut très vite dégagée pour reprendre sa physionomie normale.

Ce devait être la surexcitation qui faisait bourdonner mes oreilles, ou plus vraisemblablement, la neige qui tombait lourdement n'était pas tout à fait silencieuse.

J'entendais indistinctement des notes sourdes et continues flottant dans l'air, pareilles aux vibrations de voix de moines récitant les sûtras.

Avant d'entrer, je levai une dernière fois la tête. Tout là-haut, la neige dessinait une autre carte céleste de petits astres serrés les uns contre les autres. Deux mains, apparues à côté de moi sans que je le remarque, tapotaient ma parka tout incrustée de flocons.

« Demain à huit heures dans le hall ? »

Je hochai la tête.

Dans le couloir qui séparait nos chambres l'une en face de l'autre, je le serrai rapidement dans mes bras, comme on se souhaite le bonsoir aux coins des rues de cette ville, puis je me détournai et sortis ma carte magnétique.

10.

Sur scène, Richter se lève avec lenteur, face au parterre il incline légèrement la tête, tout le public est silencieux.

Personne n'ose rompre cet instant solennel et émouvant.

Lui qui n'avait jamais aimé donner d'interview, dans les dernières années de sa vie, il accepta exceptionnellement d'être filmé par un réalisateur français, Bruno Monsaingeon. Le documentaire, qui s'appelait *Richter l'Insoumis,* fut présenté au public l'année suivant sa mort, et permit à des dizaines de milliers de fans de découvrir la réalité du grand maître en dehors de la scène.

Il était un monde en lui-même, secret mais brillant. Monsaingeon le décrit ainsi : il était entièrement libre, il jouait sans artifice.

Vraiment ? Le titre anglais du documentaire, *The Enigma*, ne suggère-t-il pas qu'il était un personnage énigmatique, que nul ne pouvait réellement déchiffrer ?

La première fois que je l'avais vu sur YouTube, j'avais failli lâcher tout haut : « Alors, tu en penses quoi ? »

Quel dommage que le pianiste, parti trop tôt, n'ait pas eu la chance de le voir !

Mais j'ai toujours essayé d'imaginer sa réaction s'il l'avait regardé avec moi. En voyant le vieux maestro qui, sentant sa fin proche, semblait avoir souhaité laisser ces traces derrière lui, le pianiste se serait-il réjoui de ne pas avoir à affronter un jour la décrépitude de la vieillesse, de ne plus désirer clarifier encore quelque chose sur soi-même ?

Surtout lorsque dans le film Richter parle de la chanteuse Nina Dorliac, sa compagne de toute une vie.

Leur histoire d'amour n'avait commencé ni par une cour ardente, ni par un coup de foudre. Le maître disait simplement qu'il l'avait trouvée merveilleuse la première fois qu'il avait entendu chanter Nina. La caméra passait alors sur Nina, elle aussi émaciée et frêle.

« Un jour, racontait-elle, il m'aborde et me dit : Je veux donner un concert avec vous. A cette époque, il était déjà célèbre, alors j'ai répondu : Ce sera pour moitié un concert de piano, et pour moitié un récital ? Je n'avais pas compris qu'en fait, il voulait m'accompagner au piano. »

Mais si. Le vœu de ce grand monsieur dans le monde de la musique était de l'accompagner au piano. Dans les paroles de Nina, il y avait toujours, quarante ans plus tard, cet étonnement devant une telle faveur, en même temps qu'une joie irrésistible.

Richter reprenait la parole : « En 1946, j'ai déménagé dans son appartement. Jusque-là, j'habitais ici ou là, dans des dortoirs d'Etat où il fallait se serrer avec une autre famille. »

Duo parfait, partenaires de toute une vie. Nina avait quitté ce monde peu de mois après la mort de Richter. Ils avaient cheminé main dans la main, jusqu'au bout. Ils ne s'étaient jamais mariés, ils avaient suivi leur pente naturelle, et vivre ensemble suffisait à bonifier leur existence.

Le monde extérieur reconnaissait qu'entre elle et lui, l'union était « spirituelle », quant au reste, chacun pouvait l'interpréter à sa guise.

Puis le documentaire aborde la question du choix du piano.

Soudain la voix du maître, jusque-là faible et indolente, laisse apparaître une rare émotion : « Je ne choisis jamais un piano. Jamais. Quand je suis allé en Amérique, on m'a donné à choisir entre une douzaine de pianos. C'est pourquoi j'ai si mal joué ! »

« Choisir le piano sur lequel on va jouer, c'est très néfaste. Il faut prendre un piano comme on prend son destin, plus on essaie, plus on se trompe. »

« Choisir le piano, c'est l'affaire de l'accordeur. Il faut croire, comme saint Pierre, qu'on peut marcher sur les eaux. Si on ne croit pas, on coule ! Il m'est arrivé de très bien jouer sur d'atroces pianos. »

Tant de confiance en soi, et tant de volonté !

Cependant, l'interviewer sent une contradiction, ce n'est pas qu'il ne choisit pas, c'est qu'il ne sait pas comment choisir ; on pourrait même dire, il craint de faire son propre choix. Ainsi, Monsaingeon ne le lâche pas, il demande encore :

« Que voulez-vous d'un piano ? »

Tel un criminel interrogé qui finit par cracher la vérité sans s'en apercevoir : « Je n'en ai jamais rien voulu. » Le ton est impuissant, comme si ce dont il parlait n'était pas une affaire de piano, mais une sorte de creux dans son âme qui le brûle de ne pouvoir être comblé, et qu'il s'apprête à mettre à nu.

Puis le maître recouvre vite son calme, et il ajoute sans empressement : « Le plus important, c'est le timbre. Il y a ça chez Yamaha. C'est le pianissimo. Rien n'est plus envoûtant. Pas le fortissimo, mais cette sonorité si légère, si légère… »

Les dernières années, en effet, il partait toujours en tournée avec un Yamaha dont il s'occupait lui-même de l'expédition, comme si c'était la seule façon de dissiper sa peur de choisir un piano. Et c'est ainsi que, lui qui détestait prendre l'avion pour aller à l'étranger, il était allé jouer plus de huit fois au Japon.

Mais en y regardant de plus près, on découvrait une contradiction dans cet aveu. A partir de quel moment avait-il perdu la désinvolture qui lui faisait dire : « Il m'est arrivé de très bien jouer sur d'atroces pianos » ?

Se pouvait-il que cette confiance en soi n'ait été

qu'un simulacre ? N'était-ce pas parce qu'à l'époque il avait un accordeur à qui il s'en remettait entièrement pour le choix du piano ? Et par la suite, s'il ne jouait plus que sur des Yamaha, c'était uniquement parce que cet accordeur n'était plus à ses côtés…

« Hé ! ai-je crié au pianiste comme s'il était à côté de moi, tu m'as bien dit que, toi aussi, tu n'avais le courage de monter sur scène que quand cet accordeur autrichien était là ? »

Entre « je n'ai jamais rien voulu d'un piano » et « je n'ai jamais choisi un piano », il fallait faire un choix.

Toutes les créatures en ce monde n'étaient-elles pas pareilles à ces pianos, éblouissant l'œil de l'homme ?

« Alors, dis, est-ce Richter qui a choisi Nina parmi la foule, ou bien Nina qui a choisi Richter ? »

Lumière éteinte, je sortis du lit à tâtons. Je marchai dans l'obscurité jusqu'à la fenêtre pour ouvrir les rideaux. La neige continuait à tomber dru. Je laissai les rideaux ouverts, la tempête de neige dans le cadre de la fenêtre devint un tableau. Je la regardai longuement, un léger vertige me prit, et dans mon trouble ces flocons tourbillonnant sans fin se transformèrent en une puissante déferlante, prête à briser la vitre, à venir s'écraser contre elle.

Ainsi la neige n'était pas toujours aérienne, elle pouvait aussi se muer en force irrésistible.

Quand j'y repense, c'est mon impression de New York la plus inoubliable. En dehors d'elle, ne restent que clichés et constructions imaginaires.

Je passai une nuit blanche. Je ressassais les paroles et l'attitude de mister queue-de-cheval au restaurant. Quelque chose d'autre était là, enchevêtré, incomplet, par bribes, par fragments. Et surtout, un fantôme réapparut.

Oui, c'est le mot, un fantôme.

Normalement, nous aurions dû passer la soirée à boire et discuter à cœur ouvert. Le bar de Taipei où j'allais souvent avec lui me manquait. Depuis que nous étions associés, nous ne parlions que business.

En y réfléchissant bien, les conséquences de la rencontre imprévue avec mister queue-de-cheval n'étaient pas si désastreuses que ça. Il fallait bien que je me console à cette idée.

Son apparition avait permis de relâcher la tension qui régnait entre nous depuis un bon moment. Je n'avais plus besoin de garder le secret d'Emily, ni à me sentir le subalterne de Lin-san quand j'étais avec lui. Je pouvais enfin dire à Emily : Tu peux partir maintenant, prends soin de toi ! Si tu voyais tout ce que j'ai fait pour lui ces derniers temps…

Comme je m'efforçais de chasser mister queue-de-cheval de mon esprit, je m'aperçus que l'image d'Emily, elle aussi, se brouillait et s'effritait peu à peu dans mes souvenirs. Je retournai m'asseoir sur le lit. J'ouvris mon ordinateur et mis mes écouteurs Bluetooth. Au son de Rachmaninov que je n'avais pas écouté depuis longtemps, je commençai à surfer sur des sites de vente de pianos. A un moment, dans un coin de mon écran s'ouvrit la petite fenêtre d'alerte de message. A ma surprise, c'était un mail de la professeure Ch'iu.

Mon cher enfant,

J'ai à peu près fini de ranger et de faire mes bagages, nous quittons Taïwan après-demain.

J'ai été très contente de te revoir l'autre jour, en fait j'avais laissé un message sur le téléphone avant cela, mais ta maman avait dû oublier de te le dire. Je suis soulagée d'avoir pu te voir avant de partir.

En lisant le mot « enfant », un sourire me vint aux lèvres, et forcément un peu de nostalgie.

En calculant rapidement le décalage horaire, je me figurai la professeure Ch'iu assise à son bureau l'après-midi, ses lunettes sur le nez, en train de taper lentement ces mots. La tristesse que j'avais refoulée au moment des adieux refit surface. Ce jour-là, j'étais tiraillé par des sentiments contradictoires, et tout en poursuivant ma lecture, je me sentais maintenant coupable vis-à-vis d'elle.

Cela faisait plus de vingt ans que nous ne nous étions pas vus et toi et moi avons beaucoup changé. Je suis très heureuse que tu n'aies pas abandonné le piano. A l'époque, tu n'étais qu'en deuxième année de primaire, et je te forçais à rester après la classe, tu te rappelles ?

En y repensant, j'étais une si jeune enseignante, je venais d'avoir mon diplôme. Si c'était à refaire aujourd'hui, je m'y prendrais peut-être autrement avec un enfant aussi doué en musique. Pendant toutes ces années, j'ai toujours eu un peu de doutes et aussi un peu d'inquiétude : j'étais tellement inexpérimentée que je me demande si j'ai bien fait ou si j'ai eu une influence négative sur toi.

Certaines choses sont difficiles à dire face à face, c'est pourquoi je prends la peine de t'écrire. J'avais une vingtaine d'années, au fond de moi j'enviais, je jalousais même un peu tes dons naturels et ton génie, mais je me sentais aussi extrêmement fière à l'idée d'être celle qui te révélerait. J'étais vaguement consciente que le chemin pour devenir pianiste de concert s'éloignait de moi. Quand tu es apparu, ce rêve en moi s'est remis à vivre. Seulement, une jeunette telle que moi pouvait-elle comprendre véritablement le sens d'un rêve ?

La gracieuse jeune femme aux cheveux longs, à la voix toujours douce, vint à ma rencontre depuis l'autre bout du temps. « Non, ce n'est pas toi… murmurai-je à voix basse. La personne qui m'a fait du mal, ce n'est pas toi, ce n'est pas toi… »

J'arrachai mes écouteurs, regardai la tempête de neige par la fenêtre, et pris une profonde inspiration.

Je le rappelle souvent à mes étudiants : un rêve n'est pas fait pour être poursuivi, possédé ou conquis. C'est quelque chose qui vit en nous, au même titre que la conscience, la plus précieuse mélodie de notre cœur, ce n'est pas extérieur à nous.

Beaucoup de jeunes parlent de concrétiser, de construire leur rêve, ils font projet sur projet, certains y arrivent, d'autres non, et ce qu'ils appelaient leur rêve devient un morceau de la réalité, et c'est tout.

Surtout ne crois pas que je te fasse la leçon. Je ne suis plus ton professeur de musique, je crains d'ailleurs que tes compétences aient dépassé les miennes. Je veux seulement partager un peu avec toi ce que j'ai appris ces vingt dernières années, tu veux bien ?

Et puisque j'en suis là, je voudrais aussi partager avec toi un secret que même mon mari ne connaît pas :).

J'avais les larmes aux yeux, mais sous le coup de la surprise, j'éclatai d'un rire moqueur. Alors vraiment je ne m'étais pas trompé ! Dans chaque mariage il y avait un secret, même une personne aussi droite et lumineuse que le professeur Ch'iu ne faisait pas exception !

A trente ans, je suis partie une deuxième fois à l'étranger pour poursuivre mes études, j'ai obtenu avec succès un doctorat en pédagogie musicale, mais ce que personne ne sait, c'est que pendant un temps je me suis vraiment sentie perdue. On est vite submergée par la solitude quand on est seule dans un pays étranger, et je me suis précipitée dans une relation passionnée avec un Hispanique dont le rêve était de devenir acteur. A l'été 1992, nous avons décidé de déménager à New York, j'ai soudain réalisé que c'était mon rêve : vivre le restant de mes jours avec l'homme que j'aimais et qui m'aimait, celui que depuis tant d'années j'attendais, je l'avais enfin rencontré. J'étais prête à abandonner mes études de doctorat pour lui.

Ta professeure n'a pas toujours été aussi méthodique et scrupuleuse que tu l'imagines, j'ai eu aussi le courage de vivre mon amour !

Ah, quelle femme ! En lisant cela, je ne pus m'empêcher de me taper sur la cuisse, mais un sentiment de solitude m'enveloppa aussitôt après, mon sourire se figea au coin de ma bouche. Qui l'aurait cru, même la professeure Ch'iu abritait en son cœur et sa chair un souvenir inoubliable…

Nous avons vécu six mois à New York, durant la journée je donnais des leçons de piano dans la communauté chinoise, le soir je jouais dans un petit bar de Greenwich Village. Pour gagner les pourboires des clients qui réclamaient une chanson, j'ai appris beaucoup d'airs des comédies musicales de Broadway. Malgré ses échecs répétés aux castings, mon compagnon n'abandonnait pas, comme beaucoup d'acteurs à New York, il était serveur dans un restaurant, en attendant sa chance.

Au début tout était nouveau, tout était joyeux. Toute ma vie, j'avais été une élève et une fille modèles aux yeux des autres, même si je n'étais pas devenue une pianiste célèbre, le statut de professeur était aussi une réussite. J'ai cru que j'étais en train de « vivre ma vie », au mépris de toutes les conventions, mais au bout de six mois, nous avons commencé à nous disputer souvent à propos d'argent, et j'ai découvert que, le rêve une fois réalisé, il fallait toujours remplir le frigo.

Tu dois sûrement te souvenir de Joseph, ce pianiste que j'avais sollicité pour qu'il soit ton professeur ? Je l'ai revu à New York et j'ai appris qu'il était très malade. Un soir, quelques mois avant sa mort, alors que j'écoutais avec lui un album qu'il avait enregistré au sommet de sa gloire, il m'a soudain demandé :

Où est-ce que tu te sens vraiment chez toi ?

Je n'ai pas su quoi répondre. A ce moment-là, je me suis aperçue qu'ils me manquaient, ces jours où j'étais plongée dans l'étude d'une pièce de musique classique difficile et profonde. En marchant sur Broadway illuminé de tous ses feux, je regardais ces gens si divers venus ici poursuivre leurs rêves, et j'ai compris au fond de moi qu'une vie n'est pas toute noire ou toute blanche, et que ce qu'on appelle un rêve dépend avant tout d'un faisceau de circonstances extérieures.

Un vrai rêve est une force qui vous empoigne et vous tire en avant lorsque vous êtes désemparé et perdu. Après la mort de Joseph, j'ai senti cela très fort.

Je t'embête avec toutes mes histoires, mais je veux juste te dire : je ne regrette pas mes aventures à New York, je ne regrette pas mon manque de talent. J'ai choisi la famille, j'ai choisi de rentrer à Taïwan, ce ne sont peut-être pas des choix qui m'élèvent, mais ce sont ceux qui conviennent le mieux à la mélodie qui est au fond de moi.

S'il te plaît, ne prends pas mal ma question de l'autre jour, quand je t'ai demandé si tu avais trouvé la personne compatible. Je ne veux pas m'immiscer dans ta vie privée, simplement je t'ai vu grandir, et il y a certaines choses qu'un observateur extérieur voit plus clairement. Tu as des soucis sur le plan sentimental, n'est-ce pas ? Tu paraissais si préoccupé ce jour-là. A l'époque dont je te parle, je n'avais pas peur. Toi aussi, laisse-toi aller. N'aie pas peur, la vie est pleine de rebondissements. Tu es quelqu'un qui a un rêve, et je suis sûre qu'il se réalisera pour toi au moment voulu. Il t'aidera à retrouver ta mélodie.

Le métier d'accordeur est plein de défis, tu débutes, tes revenus sont sûrement encore aléatoires.

Je peux t'aider à trouver des clients. J'en ai déjà parlé au responsable de la salle de concert de l'université, tu pourrais avoir le statut d'« accordeur attitré » et t'occuper spécialement des deux pianos à queue de concert.

Ah, je devrais dire trois, j'oublie le Steinway un peu endommagé que nous utilisons rarement. Joseph en a fait don à l'université juste avant sa mort. A cette époque, il…

Impossible de continuer à lire. Dans la chambre, le chauffage était si sec, si étouffant qu'il allait bientôt m'empêcher de respirer.

J'ouvris la fenêtre, les cohortes de neige en furie se pressaient dans l'air glacé, et s'engouffrèrent aussitôt en sifflant à l'intérieur. Je restai ainsi égaré à la frontière qui séparait les deux armées, d'un côté l'hiver glacial, de l'autre l'été cuisant.

Après tant d'années, en cette nuit où la vraie neige tombait enfin sur moi…

Qui avait libéré ce fantôme à l'intérieur du piano, pour qu'il me retrouve à l'autre bout du monde ?

11.

Le lendemain matin, la neige tombait toujours. Lin-san décida au dernier moment de ne pas prendre le métro, il loua une voiture pour aller dans le Bronx, tout au nord de Manhattan. Nous ne parlâmes presque pas durant le trajet, je l'entendais parfois toussoter.

« J'ai mal dormi, j'ai pris un peu froid », expliqua-t-il.

Je n'étais donc pas le seul à avoir passé la nuit à me tourner et me retourner dans mon lit en ressassant mes pensées, après l'épisode inattendu de la veille.

Emily était-elle vraiment passée entre lui et moi, pareille à un coup de vent ? Sans elle pour lancer entre nous ce pont invisible, nous restions là, comme en attente du redémarrage d'un ordinateur, à regarder en silence le mouvement régulier des essuie-glaces balayant la neige.

Jusqu'à ce que Lin-san ouvre la bouche.

« Après-demain, ça va si tu rentres tout seul à Taipei ? Je voudrais rester encore un peu. »

Je m'efforçai de ne pas trahir ma surprise, mais au fond de moi j'étais assez déconcerté par la désinvolture de ses manières. Les riches étaient-ils tous aussi imprévisibles et capricieux ?

« Mon fils, tu sais, l'année prochaine il entre à la fac. Son beau-père est gravement malade, mon ex-femme n'est pas optimiste, peut-être six mois, ou même moins ?... »

Dans le silence étouffé de cet espace minuscule, je me préparai mentalement. Il ne me demandait pas seulement de rentrer seul, je sentais qu'il voulait m'annoncer quelque chose.

« Les temps à venir ne vont pas être faciles pour elle et mon fils. Ce qui me tracasse le plus, c'est que quand il sera à l'université, nous n'aurons plus beaucoup d'occasions de nous voir. En tant que père… hum, eh bien, pour être franc, je n'ai pas très bien tenu mon rôle. »

Les essuie-glaces, eux, continuaient à remplir consciencieusement leur rôle en balayant la neige du pare-brise. Durant le court instant où il fit une pause, il n'y eut plus que ce *tic-tic* régulier, pareil à l'aiguille du tourne-disque sur le vinyle. S'inquiéter pour son fils, pour ce foyer qui allait perdre un soutien, des préoccupations très responsables et raisonnables, mais pour quelle raison m'en parler ?

« Tu as prévu quoi pour l'avenir ? Au cas où, si notre projet s'arrêtait temporairement ?... »

Et voilà.

Ce ton plein de tact et de sollicitude pour expliquer la délicatesse de la situation à celui qui va être débarqué... Bien sûr, il ne m'avait appelé *partner* qu'en paroles. Bien sûr, nous n'avions pas de rapports formels d'employeur à employé. Mais quelle était la nature de notre relation pour qu'il se sente forcé de prendre cette inflexion de voix circonspecte et navrée ?

« Tu as pris ta décision, alors pourquoi faisons-nous ce dernier déplacement ? je ne pus m'empêcher de répliquer.

— Je te dis que c'est temporaire. Donne-moi un an, que je me rattrape un peu avec mon fils. C'est pour ça que je te demande si tu as des projets pour l'année qui vient… »

Etait-ce là la raison de son insomnie ? Après les insinuations moqueuses de mister queue-de-cheval, il avait finalement ouvert les yeux, il avait vu quel pauvre type j'étais et ne voulait plus de moi auprès de lui ?

« Si tu t'en sens capable, je te laisse les mains libres pour la gestion, pas de problème. J'ai le relevé de tous les pianos qui nous intéressent, je peux les commander à tout moment. Mais si tu préfères en rester là, je comprendrai… Pour dire la vérité, je n'arrive pas à me faire une idée claire de ce que tu en penses vraiment. Tu fais ça simplement pour me donner un coup de main ? Ou tu veux vraiment te lancer dans ce commerce ? Ou bien… »

Ou bien quoi ? La question me brûlait les lèvres, mais je n'eus pas le courage de la poser, de peur qu'il ne s'en sorte par une de ces dérobades dont nous avions été coutumiers jusque-là.

Si on dépouillait le mot *partner* de sa connotation sexuelle, charnelle, vénale, quel genre de relation subsistait-il entre deux êtres ?

Pourquoi moi ? Pourquoi me choisir moi ? N'aspirait-il pas à un *partner* plus distingué, plus expérimenté ?

Soudain il braqua le volant, s'arrêta sur le bas-côté et éteignit le moteur.

« Vraiment je te trouve déroutant, ces derniers temps, où est passé l'homme que j'avais rencontré ? Avant tu étais calme et posé, mais hier soir au restaurant, qu'est-ce qui t'a pris ? »

Je sentais la contrariété dans sa voix. Je serrai les lèvres, le regard fixé droit devant moi.

« Mais ce n'est pas la question. Je veux juste te rappeler qu'à partir du moment où nous sommes associés, tu dois assumer tes responsabilités, il ne s'agit pas seulement d'accorder des pianos, tu en es conscient ? C'est pourquoi je te dis qu'à ton retour à Taipei, tu peux prendre les choses en main, ou bien attendre que j'aie réglé les problèmes avec mon fils. Si tu ne te sens pas à la hauteur, c'est OK. De toute façon, l'école de musique va fermer, je peux réfléchir à un autre moyen… »

Pas à pas il me repoussait à la place qui était la mienne. Et maintenant il disait que c'était mon problème. Manifestement il avait déjà oublié dans quel état de délabrement il se trouvait il y a trois mois. Il entendait le piano jouer tout seul à minuit dans la maison, il se sentait abandonné par ses amis. Je ne l'avais pas inventé. C'est bien lui qui m'avait confié tout cela au petit bar où nous allions, non ?

Et si je restais, moi aussi, si nous restions tous les deux à New York ? Cela nous libérerait-il l'un et l'autre ?

Mais au point où nous en étions arrivés, je trouvais pitoyable de faire d'autres suggestions.

J'aurais dû me sentir soulagé, saluer mon public et quitter la scène. Mais je découvrais en moi un chaos de notes effrayantes. Se pouvait-il que je me sois bercé d'illusions encore une fois, et que j'aie été le seul à ressentir ce que je sentais ? Moi qui aidais les autres à trouver l'accord juste, j'étais devenu pareil à un piano désaccordé dont on change à sa guise les marteaux.

Pour ne pas montrer mon trouble, je brisai le silence et me mis à parler avec volubilité. Je lui demandai s'il connaissait la fabrique de pianos de Yichang, dans le Hubei en Chine, on en parlait beaucoup en ce moment, ils développaient de nouvelles technologies pour les pianos, j'expliquai qu'ils avaient besoin d'un grand nombre de spécialistes, je pourrais aller me former là-bas et peut-être qu'un jour je deviendrais un accordeur de niveau international…

Ce n'étaient pas des affabulations improvisées sur le moment. Ce projet avait germé en moi il y a six mois. Mais pour une raison qui m'était inconnue, plus j'en parlais à Lin-san, plus les mots me manquaient.

Les chemins s'ouvraient devant lui dans toutes les directions, s'il se trompait, au pire il recommencerait. Mais que savait-il des autres ? De ce que leur coûtait chaque pas, de ce qu'ils risquaient à chaque pas ?

La voiture s'arrêta devant une propriété du dix-neuvième siècle qui semblait à l'abandon depuis des années. Un petit panneau était accroché au grillage en fil de fer barbelé, où était écrit : PIANOS À VENDRE. On pouvait difficilement imaginer qu'à cette adresse se trouvait le plus gros revendeur de pianos de tout New York.

A deux cents mètres de là, s'élevait un entrepôt gigantesque. Un autre bâtiment le jouxtait, dont la cheminée crachait une fumée noire.

« Laisse-moi réfléchir un peu, dis-je. D'ici après-demain, avant de monter dans l'avion, je prendrai ma décision. »

« Les choses ne font que gêner, dans la vie en général. Je ne m'aime pas, voilà tout. »

Richter l'Insoumis se clôt abruptement sur ces phrases du maître. On ne peut qu'être déçu.

Heureusement tu ne vieilliras jamais, tu n'auras pas

à comprendre que vieillir est une affaire si solitaire.

Peut-être ne réussirais-je jamais à devenir un grand accordeur de pianos.

La petite distance qui me séparait de la grandeur, c'était simplement que moi non plus je ne m'aimais pas, voilà tout.

Le fils du patron nous accueillit devant l'entrepôt. Il s'appelait Karl, troisième génération de l'entreprise familiale. Un gros bonhomme très éloquent pour parler affaires. Il nous expliqua tout de suite quelles étaient ses sources d'approvisionnement. Il y avait les ventes aux enchères, les magasins qui fermaient, les entreprises en liquidation judiciaire dont les biens étaient vendus à bas prix pour satisfaire les créanciers. Sept à huit cents pianos passaient par chez lui chaque année. Ils étaient exportés par containers dans le monde entier.

« Bien sûr, il arrive aussi que des propriétaires se débarrassent de leur piano ; la plupart du temps, ils habitent dans des Etats voisins et doivent trouver eux-mêmes un moyen d'acheminement. » Karl nous fit un clin d'œil, accompagné d'un sourire impuissant qui trahissait en même temps une secrète satisfaction :

« Parfois, vraiment, je n'en crois pas mes yeux. Ils veulent vider la maison de leurs parents décédés pour la vendre, ou bien ils sont en plein divorce, et ils sont si pressés qu'ils lâchent un beau piano pour une bouchée de pain. Un piano droit en ébène pour deux cents dollars, vous vous rendez compte ? Tous ces pianos qui avaient été accueillis dans la maison avec des cris de joie et des applaudissements ! »

Nous passâmes un premier portail en fer, des entrailles de pianos démantelés étaient amoncelées dans le passage, leurs armatures métalliques empilées en tas avec des marteaux tout juste arrachés des carcasses, des claviers et des tables d'harmonie poussés négligemment contre le mur, la poussière s'élevait sous nos pas.

Je demandai ce que c'était que cette cheminée sur le toit du bâtiment à côté.

« Oh, ça. » D'un ton neutre, en agitant la main, Karl expliqua : « Nous faisons de notre mieux pour récupérer le plus de pièces possible sur les vieux pianos pour réparer ceux qui sont encore en bon état. Tout ce qui est inutilisable est entreposé ici dans un premier temps. Ce qu'on ne peut pas brûler finit à la décharge. Le corps des pianos que nous avons fini de démanteler est réduit en morceaux et brûlé dans le four. Un espace aussi grand serait trop coûteux à chauffer à l'électricité ou au mazout, l'hiver. Vous voyez là-bas, c'est la gueule du four. On brûle le bois des pianos pour maintenir la température, et donner aux autres une seconde chance d'exister. »

Devant mes yeux apparut l'image de pianos se recroquevillant et noircissant dans les flammes.

Il y avait un monde entre cet endroit et les jolies boutiques de Manhattan. Combien de pianos exposés dans leurs vitrines finiraient dans ce camp de concentration, cet asile de fous, dans la solitude de cette prison ?

Le four avait beau être fermé par une porte, il me semblait entendre les craquements du brasier.

La combustion des pianos hors d'usage ne suffisait manifestement pas à réchauffer la température, car alors que je suivais Karl à travers une série de portes, des courants glacés se faufilaient le long de mon corps.

Après une dernière porte, tout au bout du passage voûté, un escalier descendait. Au pied des marches, l'entrepôt se révéla, impressionnant, de la taille de deux terrains de basket.

Il n'y avait pas de fenêtres, seules quelques ampoules à faible luminosité éclairaient des carcasses échouées de pianos dans un océan de poussière. Ils étaient des centaines à attendre leur sort, certains dépouillés de leur caisse, d'autres de leur table d'harmonie, quelques-uns enveloppés dans du papier à bulles sale, ils avaient l'air misérable de ceux dont la vie ne tient qu'à un fil.

Je pensai aux cales assombries d'un navire transportant des esclaves, à leurs yeux suppliants appelant à l'aide, au bord de la mort.

Des pianos sans couvercle, aux pieds cassés, éviscérés, des mécanismes empilés les uns sur les autres, des liasses de cordes en cuivre arrachées des entrailles, qui pendaient au mur tels des nerfs à vif, et bruissaient encore en tremblant. On aurait dit la cave d'un film d'épouvante, où les pianos seraient les captifs d'un fou sanguinaire, promis à une fin atroce. A l'exception d'un petit nombre en assez bon état pour être revendus, les pianos finissaient démembrés ou réassemblés. Ces pianos recomposés de bric et de broc n'allaient-ils pas devenir schizophrènes ?

Lin-san et Karl avaient déjà atteint l'extrémité de l'entrepôt. Devant une rangée de planches sculptées, ils discutaient de je ne sais quoi.

Le délicat érable, l'ébène élégant, le solide acajou, le calme bouleau, ces planches sagement alignées les unes à côté des autres me firent penser aux dominos du destin dans l'attente d'être retournés.

Cet immense cimetière de pianos ne provoquait en moi ni angoisse, ni tristesse, au contraire. Je ressentais la joie d'un cachalot mourant qui a enfin localisé l'île déserte où se sont échoués ses compagnons, et qui aurait aimé que ces retrouvailles se produisent plus tôt.

Je ne savais plus quand j'avais commencé à entendre, venant de nulle part, les appels de ces squelettes de pianos brisés. Mais ce jour était enfin arrivé, je les avais trouvés.

Ils se rassemblaient en foule autour de moi pour m'embrasser. Je me frayai un étroit chemin parmi eux.

« Bientôt, ce sera la délivrance... »

De ma voix la plus douce, mère Teresa réconfortant les soldats blessés sur le champ de bataille, je récitai silencieusement une prière pour les pianos mutilés qui m'entouraient :

Toute votre vie, vous avez servi la vanité et la bassesse humaines, votre douleur, comme je la connais…

Rares sont ceux d'entre vous à avoir eu la chance d'être sanctifiés par des musiciens de génie au cours des siècles. Pour la plupart, vous avez été gâchés… Je me mets à votre place, en vérité, ma vie n'a pas été si différente de la vôtre.

Au fait, j'avais oublié de vous dire que je n'ai jamais obtenu mon diplôme de musique.

La raison de mon renvoi, paraît-il, c'est qu'un soir je m'étais glissé dans la salle de musique pour verser de l'acide chlorhydrique sur les quatre pianos. Mais ce crime dont ils m'accusent, je n'en ai pas le moindre souvenir !

Le seul et unique piano que j'aie jamais blessé, c'est le Steinway.

Si j'avais su à l'époque qu'un piano abîmé risquait d'échouer dans ce genre d'endroit, jamais je n'aurais levé la main sur lui ! Je ne suis pas un bourreau de piano. Je suis un accordeur de piano. Mon métier est d'atténuer vos défauts et de prendre soin de vous, pour que vous donniez du plaisir et des émotions, pour qu'on vous chérisse et vous aime. Comment aurais-je pu...

« Ce n'est pas moi ! Ce n'est pas moi ! Ce n'est pas moi ! »

Mes cris de rage me faisaient trembler si fort que je voyais des étoiles. Dans un brouillard flou, je vis Lin-san et Karl se précipiter vers moi.

A ce moment-là, je m'aperçus que ma main tenait un marteau que je ne me souvenais pas d'avoir pris ; en baissant la tête, je vis à mes pieds un vieux piano, son pied était brisé, son couvercle mis en pièces…

Des employés costauds m'emportèrent pour me jeter dehors. Quelle honte quand j'y repense !

J'ignore encore ce qui s'était réellement passé. J'entendis Lin-san me dire qu'il avait dû payer cinq cents dollars de dédommagement au gros Karl. Je me souviens, sur le parking, d'avoir proféré une série d'excuses très confuses : « Je crois que je ne peux pas… je ne peux pas… t'aider… pardon, je ne peux vraiment pas, vraiment… »

Lin-san resta d'abord silencieux, puis il cria brusquement mon nom : « Hôo-I-Lo ! » Il me saisit par les épaules et me serra contre lui. Mon corps était secoué de tremblements incontrôlables.

Avec son accent taïwanais, on aurait dit qu'il avait crié un mot japonais, quelque chose entre *oishi* ou *kawaï*. Quand je compris que c'était mon nom, pendant un instant, je ne sus pas si je devais fondre en larmes ou éclater de rire.

Je m'appuyai sans force contre son épaule, et là je vis nos deux silhouettes vêtues de noir se découpant sur la neige tombée dans la nuit, pareilles à deux touches noires brisées.

N'est-il pas vrai que les touches noires sont proches parce qu'elles seront toujours séparées par un espace, que jamais il ne leur sera possible de se serrer les unes contre les autres comme les blanches ?

J'entendis Lin-san sortir un trousseau de clés de sa poche.

« Prends bien soin du piano jusqu'à mon retour, tu me le promets ? »

En regardant la paume de sa main, me revint la douleur lancinante d'une promesse faite il y a très longtemps.

12.

En 1999, dans un programme de musique de trente minutes diffusé par la chaîne japonaise NHK aux heures de faible écoute, un des épisodes portait sur une pianiste de soixante-dix ans presque inconnue du public. Fujiko Hemming était née en 1932 à Berlin, d'un père suédois d'origine russe, peintre et architecte, et d'une mère japonaise professeure de piano qui avait émigré en Allemagne. Fujiko avait cinq ans quand toute la famille déménagea au Japon, mais le père ne s'habitua pas à la vie japonaise et, abandonnant femme et enfant, retourna seul en Suède. En 1961, Fujiko eut l'occasion de partir en Allemagne pour poursuivre ses études, mais loin de chez elle, elle contracta une maladie qui affecta son ouïe et dut les abandonner en cours de route.

Elle vagabonda à l'étranger pendant plus de trente ans. Ce n'est qu'en 1995 qu'elle rentra discrètement au Japon, où elle donna des leçons de piano pour gagner sa vie. Qui aurait cru que l'épisode de ce programme, d'ordinaire peu regardé, allait avoir un aussi grand retentissement ? Cette vieille dame métisse aux allures extravagantes avait quelque chose de mystérieux et de touchant en même temps.

Quelques mois plus tard paraissait son premier album. Les ventes furent fulgurantes, trois cent mille exemplaires en trois mois.

Tu n'aurais pas apprécié son jeu. Tu aurais dit, ah, c'est d'un conformisme de conservatoire, il n'y a vraiment rien de surprenant.

Mais qu'importe, je voulais juste prendre cet exemple pour te montrer à quel point les temps ont changé depuis que tu n'es plus là.

Une technique de jeu a beau être extraordinaire, elle ne peut rivaliser avec la vibration du vécu. Pour les musiciens de ta génération, c'était une chose inimaginable qu'une vieille dame rebelle attire plus à elle les regards qu'un enfant prodige !

Si Glenn Gould était encore de ce monde, qu'en dirait-il ?

Il pensait que la musique enregistrée était la voie royale et refusait de se produire en public. Mais il avait oublié que sans les premiers succès de ses concerts, qui se serait intéressé à ses enregistrements ?

Fujiko Hemming avait rigoureusement mis en pratique les préconisations de Gould, elle était passée outre les concerts pour devenir directement une légende. Car nous étions maintenant au siècle d'Internet, sans son effet de caisse de résonance, sans la rediffusion incessante de cette obscure émission de télé, la vieille dame jouant un morceau de Liszt aurait été noyée dans les autres sons.

Ses albums se sont vendus à plus d'un million et demi d'exemplaires. Mystérieusement élue par le dieu de la fortune, après le succès de ses ventes, pendant les vingt années qui suivirent elle ne cessa de donner des concerts dans le monde entier, comme s'il lui fallait apporter la preuve authentique de son existence réelle.

Elle a quatre-vingt-dix ans, possède des résidences à Paris, Berlin, Tôkyô, New York, toujours solitaire, toujours aussi détachée, habituée semble-t-il à être partout chez elle.

Elle ne s'est jamais mariée, elle n'a même jamais été amoureuse, dit-elle. Comment a-t-elle surmonté la solitude de cette vie d'errance ? Elle seule le sait.

Si tu avais gardé un corps, Joseph, aurais-tu désiré vieillir de cette manière ?

Ou bien t'inclinerais-tu devant tant d'intrépidité, en reconnaissant que tu n'es pas de taille à rivaliser ?

Elle était simplement l'incarnation de ce que le commun des gens associe à la musique classique. Vieille, boiteuse, entêtée, folle, énigmatique, insondable. Ce n'est pas sans raison qu'elle a fasciné tant de gens.

Peut-être avons-nous tous négligé l'humour noir qui se cache dans la musique classique.

Il y a deux cents ans, par une nuit obscure, un homme sourd, soudain porté par de hautes aspirations, voulut composer une symphonie du destin. Cette idée lui donna-t-elle envie d'éclater de rire ? Toute la symphonie ne fut-elle pas conçue dans la folie de ses cris et de ses rires ?

Mais sur la scène, c'est concentrés et impeccables que les musiciens, assis bien droits sur leur siège, tentent de jouer chaque note à la perfection

L'ironie, c'est que l'épreuve de la scène est justement le moment où l'on maîtrise le moins son destin.

Les choses dévient discrètement de leur trajectoire initiale sans qu'on s'en rende compte. Certains connaissent une ascension fulgurante, d'autres dégringolent. Quelles notes ont attiré l'œil du dieu de la fortune ? Tout ce que l'on peut en savoir après coup n'est d'aucune aide, ce n'est qu'une pièce perdue dans un puzzle éparpillé au hasard.

J'ai le vague pressentiment qu'au cours de ma narration, le destin m'a également joué un tour de ce genre.

Moi qui suis accordeur de piano, je ne connais rien aux arcanes de la métafiction, de la déconstruction, de la parodie. J'ai simplement essayé de raconter ce dont je me souviens dans l'enchaînement des causes et des conséquences. Si j'ai par là dérangé le destin, je n'y peux rien. Je ne sais pas quelle sera sa sanction, je ne peux que l'attendre patiemment.

Tout ce que je sais s'arrête ici.

Dira-t-on qu'il était contraire à la conscience professionnelle d'un accordeur d'avoir laissé ce Steinway à l'abandon dans une pièce vide ?

Croyez-moi, le piano a certainement trouvé un nouvel accordeur.

Tout comme ton Steinway, qui a finalement réapparu, vingt-cinq ans plus tard.

Si tu as la chance de rencontrer Richter dans l'autre monde, est-ce que tu peux lui dire de ma part que j'ai compris la différence entre lui qui ne s'aime pas et moi qui me déteste ?

Le moi, c'est cette part toujours insatisfaite chez les gens du commun. Pour lui, ce n'était qu'une illusion encombrante.

Et pour toi ?

Les yeux fixés sur la partition, je jouai enfin la *Sonate pour piano D.894* de Schubert dans son entier. Cela me prit deux heures. Je m'arrêtai pour saisir un stylo et noter quelques indications sur la partition. Je me préparais à recommencer, mais mes doigts se mirent à jouer d'eux-mêmes ; léger, enlevé, un air populaire arriva sans crier gare.

Un garçon vit une petite rose dressée, petite rose de la lande. J'étais en deuxième année de primaire, je chantais à tue-tête avec mes petits camarades en suivant la maîtresse au piano, les voix pures des enfants illuminaient la salle de musique. Après le cours, je m'attardai et la maîtresse me surprit en train de rejouer les accords du morceau.

Comment un obscur petit bonhomme atteint de la syphilis avait-il pu composer cette mélodie claire comme la rosée ? Le vent de ces années soufflait des rides sur l'eau, je fermai les yeux, rentré en moi-même, je laissai mes mains trouver dans le noir leur position sur le clavier. Je frappai la première note de la sonate.

Ce qui s'est passé ensuite, que ce soit le rappel final offert à cette histoire…

Même si je sais que tu seras sans doute le seul à te lever et m'ovationner.

C'était le seizième étage d'un immeuble à Moscou.

En partant de New York, je n'étais pas rentré directement à Taipei, je n'avais pas non plus atterri à Yichang. J'avais décidé d'aller voir l'ancienne maison de Richter.

Cet après-midi-là, une fine neige flottait dans l'air. Je croyais qu'il serait possible de visiter le petit appartement où tous deux avaient habité au début. Mais cet endroit était le seul ouvert aux visiteurs. Richter et Nina avaient déménagé ici en 1971, dans ce bâtiment public neuf spécialement destiné aux artistes.

Comme ils n'étaient pas mariés, le gouvernement leur avait alloué deux appartements. Les intérieurs communiquaient, mais ils avaient toujours conservé leur porte d'entrée indépendante.

Je payai cinq cents roubles et j'attendis que

la grand-mère à la porte aille chercher un guide anglophone. On me fit entrer par la porte de gauche. Si je ne l'avais pas su à l'avance, je n'aurais jamais pu deviner qui avait vécu là.

Hormis un portrait d'elle au mur du studio où elle avait enseigné de son vivant et un piano Becker à la patine éteinte, il n'y avait plus aucune trace de la vie de Nina.

Les meubles de la chambre avaient tous été enlevés, les murs étaient couverts de peintures de Richter, afin que les admirateurs du pianiste puissent connaître ses autres talents. Dans la salle à manger étaient exposés des objets de son enfance, ainsi que le journal de sa mère : *Je suis sûre que cet enfant est un génie !* Je m'approchai pour examiner un dessin au crayon accroché au mur, c'était une affiche publicitaire aux couleurs vives et éclatantes que le maître avait dessinée dans son enfance pour un spectacle musical qu'il avait imaginé.

J'espérais toucher un peu du doigt leur vie quotidienne, mais je ne voyais qu'un décor factice. D'après mon guide, c'était Nina qui, pendant des années, avait patiemment, laborieusement, rassemblé et classé tous ces souvenirs de Richter.

Je ressortis de la salle à manger et arrivai à l'endroit où communiquaient les deux appartements. Les deux salons, combinés avec la salle à manger de Richter, formaient une salle de musique vaste et claire, où il pouvait donner de petits concerts. Telle était, semble-t-il, la division inégale de l'espace où ils avaient vécu. Rien n'avait changé. Nina enseignait le chant dans son minuscule studio, tandis que Richter avait la jouissance exclusive de la grande salle de musique.

Puisque la salle à manger avait été supprimée, il devait donc prendre ses repas chez Nina ?

Mangeaient-ils souvent ensemble à la maison ?

Quand Nina préparait le repas, regrettait-elle le Richter des années où il n'avait même pas un espace à lui ? Etait-elle heureuse de leur union ?

Aucun guide ne pouvait répondre à ce genre de questions.

La salle de musique était assez grande pour y loger deux Steinway à queue. Avec un air satisfait, le guide m'emmena devant l'un d'eux. Il m'expliqua que c'était sur celui-ci que le maître pratiquait assidûment. Moi, j'avais envie de lui dire : savez-vous que dans ses dernières années, il ne jouait plus en concert que sur un Yamaha ?

A la fin de sa vie, Richter s'était beaucoup déplacé à l'étranger, il ne devait pas avoir souvent l'occasion de revenir s'entraîner ici. Mais les deux pianos continuaient à jouer leur rôle, à entretenir la trompeuse illusion auprès des touristes : les voilà, ces divins pianos sur lesquels le maître a forgé son extraordinaire talent ! Ils me faisaient penser à ces animateurs dans les parcs d'attractions, déguisés en personnages de dessins animés, qui racolent les visiteurs. Je ne pus m'empêcher de sentir l'injustice de leur sort.

On ne les conservait que pour mieux les livrer à

l'oubli. C'était déjà assez triste que plus personne n'en joue, il leur fallait encore affecter un air de bonheur, pour la photo souvenir.

Heureusement ils n'étaient pas tout seuls, ils pouvaient se tenir compagnie ; le soir, après la fermeture des portes, ils pouvaient partager sans fin leurs vieux souvenirs. Mais sans doute ne sauraient-ils jamais que, lorsque le maître faisait résonner l'un d'entre eux, il imaginait en son cœur le pianissimo d'un autre piano.

Ne lisant pas le russe, je n'avais aucune idée des livres qui garnissaient les étagères. Après un dernier détour dans les méandres de ce labyrinthe, j'arrivai dans la chambre de Richter.

L'espace était étrangement étroit, avec juste un petit lit pour une personne.

Je contemplai ce lit moins grand et moins confortable que le canapé de n'importe quelle maison. Je restai silencieux un moment.

« Est-il mort dans ce lit ? demandai-je au guide.

— Non, il a fait une crise cardiaque et il est mort à l'hôpital. Il devait donner un concert, le dernier morceau qu'il a joué de son vivant était la troisième sonate pour piano de Schubert. Il disait que c'était la n° 18 D.894 qu'il préférait... »

Je ne pus m'empêcher de le couper : « C'est ici qu'il répétait ? »

Le guide eut l'air décontenancé.

« Non, dans sa datcha de la banlieue ouest. »

Avant de partir, je demandai au guide l'autorisation de jouer sur l'un des Steinway, quelques notes, juste quelques notes. A ma surprise, il accepta. Je savais bien qu'il voulait juste faire plaisir à un touriste, malgré cela, une joie irrépressible bondit en moi.

Mais quand je revins dans la salle de musique, devant le spectacle de ces deux Steinway muets blottis l'un contre l'autre, mon index droit qui déjà s'avançait hésita…

Les ranimer sans raison, les réveiller soudain en leur faisant croire qu'ils allaient remonter sur scène, n'était-ce pas un peu cruel ?

Les laissant dormir paisiblement, je m'en retournai dans la vaste étendue de neige blanche.

Imprimé en France par CPI Firmin-Didot
en janvier 2024
N° d'impression : 177986
Dépôt légal : février 2024